群峰之上的
静默

宋远升◎著

中国文史出版社

图书在版编目（CIP）数据

群峰之上的静默 / 宋远升著 . -- 北京 : 中国文史出版社 , 2022.3
ISBN 978-7-5205-3520-5

Ⅰ.①群… Ⅱ.①宋… Ⅲ.①诗集－中国－当代 Ⅳ.① I227

中国版本图书馆 CIP 数据核字（2022）第 065369 号

责任编辑：徐玉霞

出版发行：中国文史出版社
社　　址：北京市海淀区西八里庄路 69 号院　邮编：100142
电　　话：010-81136606 81136602 81136603（发行部）
传　　真：010-81136655
印　　装：廊坊市海涛印刷有限公司
经　　销：全国新华书店
开　　本：32 开
印　　张：11.125
字　　数：100 千字
版　　次：2022 年 9 月第 1 版
印　　次：2022 年 9 月第 1 次印刷
定　　价：72.00 元

目　录

第一篇　躺在冬日的麦草堆

第二篇　一切都将失去

第三篇　泥土

第四篇　安静

第五篇　百年后我的文字会如何

第一篇　躺在冬日的麦草堆

1. 躺在冬日的麦草堆

那时冬天不冷
祖父还年轻
我还能虚度时光
那时并不高于泥土
也不低于泥土
正好位于泥土的身旁

倚靠着麦草堆
阳光的弧度正好
一躺下白云就满眼了
身下的麦草就生根分蘖了

麦草堆上
我自然长大
祖父自然衰老
风声很远
不足以激动我们
身下是柔软的麦草
眼里是连绵不绝的大地和群山
露水鲜美
灵魂温暖

什么也不要想

只是对着太阳发呆

麦草也并不粗壮

指尖温柔

无声无息间

和我握手了数下

荞麦青青

阳光扑面

这些人间的余温

并没有浪费

不多不少都照在我们的身上

即使是最寒的山

都愿意倾斜

佝偻的老人可以舒展身子

这里适合一场安宁的睡眠

那时我没有见过天堂

后来知道这就是天堂

2. 漫游者

星辰闪耀

月亮点燃

暮色在大地上弥漫

神灵的灯火千家万户

漫游者是送水者

身披着这些光

将水送到需要之处

钟声闪亮

闪电的响声一阵接着一阵

这片大地是漫游者的铁鞋

在荆棘丛中很难抛弃

也难以穿着行走

走啊走啊走啊

就像知道时间有尽头一样

就像是生死已经混淆了界限一样

漫游者在时间中漫游

不管时针指向何方

不管地老天荒

恢复时间中紊乱的秩序

无论是盛大的春天

还是更为盛大的秋天

大地的尽头是漫游者的尽头

在生与死中漫游

漫游者知道丢失了什么

才去寻找什么

漫游者看似漫无目的
神灵控制着他的节奏
目的是一种无限
需要在有限中看见

3. 木梯

这是木质的道路
名姓没有固定
取决于你的一念之间
这是一架静止的词汇
却有着与翅膀相似的性质
这是向上的道路
危险如同藤蔓附着而生

这些木梯不是金银的器皿
还可以重新擦拭
回复以前的荣光
老了就是老了
比我们的绿色断绝的更早
只有春天的奇迹
才可以让木梯重新发芽

如同木梯之上的木屑

每天都会在我们身上分离

没有翅膀

向上不是本能

向下却是

我颤巍巍地向上爬着木梯

回头时身后的雪又深了几分

4. 冬至应该去雪中的木屋

冬至应该去雪中的木屋

不管从黎明走到黄昏

点燃马灯穿过林间道路

这是我的肢体

不用触摸

也知道停在哪里

像是多年后回家一样

护送我走过雪夜

让我不是在大雪纷飞中一人独行

把身上的钉子拔出

就能封住木屋的门

成为这座小小王国的王

拒绝尘世的风雪拜访

把神像上的尘土打扫干净

继续保佑我们

应当尊重它们
用斧头把木柴站立着分开
在雪野中点燃火炉
释放出过去储存的阳光
点亮一间木屋
就是点燃雪地中的一朵向日葵

5. 把一切归还后离开

我从远方来
行囊空空
只是来做一个还债人
让轮回各就各位

把初吻归还给初恋
红艳艳的晨曦曾照在白雪上
把哽咽的提琴归还月光
我曾经让她如此忧伤
不知这样是否能够赎罪

把文字归还给白纸
我只是一个挖煤人
让这些黑点重见天日

不是我的功劳
它们原本就存在那里

等把一切归还完毕
我就离开
像是来时一样
留下另外一个人
代替我受苦

6. 小学放学的雨后黄昏小巷

他们蹦蹦跳跳地走着
在小学放学的黄昏
下着小雨却并不阴沉
整个小巷都闪着光

小巷成为一条拥挤的河流
上面摇摆着睡莲
旁边的小贩都忽然清醒过来
开始大声地吆喝
一位老者在旁边唱起复古的歌曲
一朵花，两朵花，三朵花

这些小却湍急的河流
我无法挤入

也害怕这些小兽

吞没了我

他们来去如风

很快从小巷流走

剩下我一脸寥落

吟着不成格律的残诗

似曾相识未相识

恰似飞鸿过雪泥

7. 苦楝树

佝偻于贫瘠山坡上的一棵苦楝树

弯曲如同一把粗糙的弓

这张弓我似曾相识

我们都是来自同一个制弓人

箭矢射出

如同逃跑一样的射出

无论是杀伤力还是复活力

即使没有了弓弦的助力

始终不愿意返回

长在生命关节的一棵苦楝树

我不可或缺

每走一步却让我疼痛

这棵树甚至没有专门的名字

每次呼喊都在我咬紧的齿缝中
每次看见都让我草木丛生

命运的巨斧日复一日地砍斫
我曾经听见夜半时苦楝树的呻吟
在倒地的那一刻
他可能也会感激斧头
我并没有如释重负
他倒地之时
忽然感觉我断了根

8. 我见证了一座庙宇的轮回过程

距离太近
就不易察觉
一座寺庙的轮回过程

先是从大殿开始
巨大的房梁被时间啃噬
木屑纷纷
尘土纷纷
四周的围墙上开始长满青草
院外的桃花逐渐探入空旷的寺院内
一座石质的塑像颜色凋零
一群依靠此地气候供养的白鸟被迫迁徙

羽毛纷纷

雪花纷纷

带动一场小小的风暴

坍塌的山石下蟋蟀受到了连累

这都是我想象或者半想象的过程

真实的情况是

我目睹了这座寺庙的重建

也目睹了一次兴衰在体内的轮回

9. 牺牲

所有的光明

都经历了内心黑暗通道的爬行

所有的开花

花都不是受益者

斗牛的人

嫁接了斗牛的风险

走钢丝的人

承担了走钢丝的后果

烤火的人

在木柴和火焰之上舞蹈

火焰燃烧时看不见木柴

曾经直立的树木

看不见曾经的种树人

以为能阻挡住火车

生活还是势不可挡地驶来

你有信心能救他人

是因为站在铁轨之上

10. 突然降临的夜和雨

忽然间这条道路

没人知道通往哪里

雨也是如此

在玻璃外表面踏着沉重的脚

蜘蛛难以织网

最敏感的触手

也难以探知

心中的夜色

如此突然降临

每个房屋以及战栗的肉身

都暴露在野外

很难拯救

每个人都在模糊中

如同一把拐杖

走自己的心

11. 万物值得怜惜

这些呼吸着的万物
有连绵不断的大河
将他们与死亡遥遥隔离
在他们摇曳的生命下
有腐烂的根
在他们匍匐的生命上
有生活斑驳的污渍
它们却是活着的
一个生命往往牵连着另一群生命
一条呼吸贯穿着其他呼吸
带走一个就等于带走了另外一个
上苍的巨手
不忍落下
万物值得怜惜

12. 拯救

当年曾经有一匹马
深陷于人世的泥泞中
他的呼吸连着窒息
生命的气息连着死亡的气息

这是一匹无助的马
唯一的帮手就是自己的心
这匹马深知
心中没有灰尘
眼中就不会迷目
心中有星辰
眼中就有星光

上苍拯救你
是因为你愿意被拯救
上苍给你拐杖
却不能给你脚
如何行走在于你自己
能否被拯救
在于你自己

13. 暴雨已至

没有人知道暴雨的去路
它的使命是将去路截断
山路的那头仍有声音
家门之外都是歧途
暴雨降落的方向不明

多少年就是如此奔跑
仿佛不知终将淋湿一样
多少年就是如此躲避
仿佛知道命运不会遗忘一样

这些暴雨
如同子弹击落飞鸟
暴雨中飞奔的人
在命运的追缉中
止步于内部涣散的鸟巢

14. 孤独的藏獒

整个天空之下
群山之中的唯一孤独
莫过于一头藏獒

你的孤独逼近我
伤残一样
比残雪更为寒冷
比一人更为寒冷

你不是来自这片土地
无人认识你
你也不认识其他人

你的孤独是没有同类的孤独

不知你来自哪里
也不知你要去哪里
我在黄昏之中靠近你
不知我的孤独能否温暖你

15. 伐木

即使是初次相识
伐木人也和木头不会陌生
他们是宿命中的一对
性质相反而力度相当
无时不刻不在生死之间拉锯
这些伐木人斧头的语言单一
木头抗拒的语言丰富
只有一方倒下才能和解

伐木人总是在那里报复似地伐木
仿佛木头被伐倒
人就能代替站在那里
木屑纷纷
时间在身边溅起碎冰
伐木人和木头互相成全
伐木人好像是在超度一棵树

或者在等着树超度
互相砍伐的时间疲惫而漫长
每次倒下都像是如释重负
最先倒下的往往是幸福的
至少有人为他下葬

16. 蜘蛛

作为昆虫中的世俗者
所有的动作都不会浪费
蜘蛛的力量集中于
生存需要之处

蜘蛛是动物界的阴谋家
蛛网危险且敏感
迷宫般地建成隐蔽的门
王在网的中央
蜻蜓的复眼也难以察觉

蜘蛛懂得隐忍哲学
大风或者暴力会将蛛网摧毁
蜘蛛会重新编织
像是卑微的一般人
根本没有重新编织的机会

蜘蛛不是勇敢的
甚至是低调或怯懦
不动声色
将网结在暗处

所有结网的动物都类似
都是在张网捕捉
都是在被网捕捉

17. 秋天的苹果

从花粉的震颤
到小小火焰似的花蕾
走过一段启示性的旅程
即使能够启发
没有一个苹果会自动落下
我们只是欠苹果
一次灵机一动的展翅

在蜜蜂透明的双桨中
没有一次是空渡
所有开过花的
都曾被悬空者吻过

只要是果实

都会有温度
就会有人拜访苹果的内核
门内的棉被已经备好
一粒种子就可以暂居过冬

如果平庸是灰色
鲜艳就是一把利刃
上苍有一双隐形的大手
各归其位
都有特殊的含义

18. 骑马过山岗

山岗对我说
在人间等待我好久
我的马也迟到了好久
仍然好过那些永远不至的马
对马心存感激
对自己也应心存感激
不知马是否和自己一样
不再为别人顶罪

骑马应当配上最好的马鞍
让最好的弓弦
拉的弧线最满

把自己射出
即使知道箭头有去无回
人都是在世上走一遭
再穷的人
也应骑一次马上山岗

骑马过山岗
就不需要借助雾气出没
也不需恐惧发光体
走在高处
就不要担心闪电

19. 林中的歌

只有寂寥如我
才会看树林的上方
有鸟巢是多年前修建的寺庙
一只鸟在天空诵经
白云翻滚
不管我能看见他
还是选择失明

有人在林中扬起歌曲的钓线
愿者上钩
林外的人

不愿意进去
隐秘打开就失去了魔力
也不愿意离开

或者林中本来就没有人
他的仙鹤飞走了
他的梅花不开了
他的经书布满了厚厚的尘埃
月光如一地积雪
只有他的歌留了下来

20. 从来没有被寒冷冻僵的灯火

从来没有被寒冷冻僵的灯火
从来没有被冻僵的人
怀揣着灯火
离家还有一箭之地
就会自动点燃

火敞开胸怀对着众生
各取所取
从不会让人失望
只要是有暗夜
就会星星点点
让干渴的人获得新水

缺少火的人有了光

夜色将一切抹平
山少了一座又一座
石头从山头滚下
溅起火的浪花
火从上到下
从星辰到万家灯火
点燃生存及道德律令
不要冒犯努力活的人
更不要试图干扰
上升到活人以上

21. 聆听

太快了
应该一寸一寸地聆听
特别是在大雪收尾时节
听雪一点点地封锁地面
前尘往事变得一片空茫

鸟在一饮一啄
时光紧紧挨着尾部的羽毛
一点没有伪装
比我们更加知道兰因絮果

应当一丝一缕地聆听

在祖父母的坟墓

骨节一寸一寸地缩短

泥土善于欺骗

阳光打着灯笼

再也找不到了

这些亲人处于稍微低于屋顶之处

比神稍低

比人稍高

鸡叫之前会停驻

不要等到失眠

我就会在半夜聆听

22. 假画

每个聪明人都在那里默不作声

懂的人知道

彼此之间过于遥远

从一个台阶到另外一个台阶

八千个筋斗云的距离

发声等于挑战

却不知与何人决斗

四周都是沉默的盾牌

不懂的人也沉默无言
沉默是一种最大的伪装
言语是最大的伤口
聪明的人能看见
埋伏的刀子跃跃欲试

假画也毫无声息
任何画都在画一场舞台
有的画别人
有的画自己
假画如果有了自信
就成了真画

23. 我与风

我不是鸟
不能分清
风吹过不同的树木
发出不同的声音
有什么不同

不能为斜的风称重
不能为直上直下的风丈量身高
不能为热的风量体温
不能为冷的风测冷度

在风大时
我不知低下身子
猫着腰像猫一样奔跑
猫有光滑的皮毛
可以减少摩擦
降低风的追缉

多少年
我就在大风中吹着
我对风无动于衷
风也把我看作过客
直到把我吹成一个背井离乡的人

我站在人世的迎风高处
在风中被推推搡搡
面目黝黑
如同雷击中的焦木
自带诅咒
也自带祝福

24. 无常

如果不理解无常
就看一枚恒久硬币的反面

再坚韧的硬币也有骨肉
生命的尽头看不见
也可以想到
只是不知何时想到
这就是无常

最美丽的花瓶
是最易碎的
无论这个美人多么珍惜自己的容颜
在青春最欢畅的时刻
镜中会看到无常

可以畅想你骑着白色的马
把最爱的鹰架在臂膀打猎
你最爱的鹰死于自己的弓箭
你被内心的歹徒埋伏杀伤
这是无常

如果你再不了解无常
无常就住在有常之中
如同你我一样
只是一个过客

25. 回音

应为落日种植茅草
以及山地
塑造一种悲壮
让坚硬的山顶岩石迎接坠落
落日的碎片发出回音

没有谁会关注
一块石头无惧滚下山坡
只是为了最后一刻的回音

煤炭也是如此
燃烧寒日以及自己
让余温在周围回荡

比煤炭更闪耀的灯
曾因炫目而自命不凡
四面八方奔跑的光线诱惑
这些喧嚣一击即中
到时戛然而止
灭了就是灭了
没有一点回音

26. 界点

不管愿不愿意承认
一定出现了某个界点
让一些东西消失
让一些东西升起

那一刻牵牛花不再温暖
开在露水之下
清冷地闪现
如同先人在雾中招手
如同他们来时一样
如同他们从未来过一样

界点的阳光金黄超过圣旨
整个世界被照成一面镜子
无数的人都似曾相识
这面镜子将无数人困住
像是将这些人释放时一样神秘

27. 山神庙

一个人深入人间
如同山神深入群山
没有道路通到这里

山神庙所在之处
本身就是道路

这里是蜘蛛的家
蚂蚱的落脚之处
与我们一样
它们也信奉安全
期盼信仰开出奇迹

孤寂是山
不是山神
太阳落下
更是如此

28. 被时间绑架

时间是一位魔神
一种巨大的虚空
时间的存在
需要无数血肉喂养

如果不和速生速死观照
就看不见时间的锋芒
时间王国有无数小妖
无论如何挣扎

时间总是推推搡搡
将我推往虚空之处

人怎么能够超越时间
连超越落日的机会都没有
落日总是熄灭在人间
最需要的时候
人无法走过真正的黑暗
长明的灯
也会熄灭在黑暗之中

看不见的都是巨大的威胁
或者是一种巨大的机遇
关键是在期限之前
能够找到一把梯子
高过时间
至少与时间等高

29. 生命流逝中应记住她的样子

野马飞奔而过
溅起灰尘
乌鸦降落在
成片的雪之上
所有的东西都在奔跑

静的或者动的都是如此

铁锈锈蚀火车
比灰尘更为无声
比雪更为轻盈
很难想象如此巨大的火车
被铁锈一点点地锈蚀

生命是如此之轻
死神只要稍微做出一个手势
就能轻松拈走

春天的河流曾经是如此悠长
两岸桃花曾经是如此的盛开
你应好好记住她的样子

30. 镜像

和一个人对话
就是和无数个人对话
认清了自己
就是认清了所有人
所有人都活在
自己的眼睛里
自己就是所有人的反射

你打碎了他人
就是打碎了自己

时间在重叠
日月在重复
天地在重复
你在重复他人
他人在重复你

31. 影子

所有虚幻的
都可能是真实的
如同最真实的影子
藏于天空一样

影子来自花朵之外
来自你的神游之中
骑着安静的黑色骡子或者马
不忍心将月光踏碎
最后一坛清水打破
就没有其他的珍藏了

影子从沉重的脚步中逃离出来
悬浮于虚空中

你会发现
最终不变质的只有自己的影子
马或者骡子会老去
月亮也会是别人的月亮
只有影子才是你自己
没有谁可以终生依靠
除了影子

张不开嘴巴
也要努力祈祷
不要让影子逃离太远
只是留下一座废墟

32. 深渊

那时我不知道
深渊是一面镜子
入口四面八方
出口却在无人看到之处

那时我还年轻
看不见深渊中掩藏着深情
以及青春中的愤怒
在深渊里看不到生老病死

面对深渊

在不同的年龄

有不同的水

映照不同的景

人不如树

能够看到自己最初的根

以及最后的叶子

不如一块最普通的铁

能够经历锈蚀

人不会无动于衷

在没有看到深渊之前

我以为在万物之上

直到看到了深渊

才落入了万物之中

33. 那年的雪都落在那年的人身上

如果能够一觉醒来

鸡鸣比大雪还要响亮

祖父母尚在

父母还正年轻

四周的院墙

还能保护我们

那棵白杨树的外皮
还未脱落
有人在外层为我们抵御严冬
在比时间还新鲜的新年之晨
为我们打扫积雪

那时我还能感受到雪花
明亮的颤动
白杨树褪去了叶子
还是我家的一员
明年还会回来

那时我还没有感觉到生命的消逝
那年的雪都落到那年的人身上

34. 抖不掉的灰尘

无人理会这些微小的灰尘
小到可以填满万物
在没有变成巨石从天降落时
更是如此

在没有感受到灰尘的追缉之时
我感觉自己就在灰尘之上
灰尘之中的人

也曾经如此认为

灰尘是万物的引子
灰尘里看不见万物
只听见万物坠落的声音
耳朵不忍细分
我尖锐破裂的内心

无法在阴天看见灰尘
阳光下可以窥见
如同命运中无边的飞雪
有些灰尘难以抖掉
直到与之融为一体

35. 落日照在井沿上

落日照在老井的沿上
一个老人累了
一个影子不知是回家
还是要回到井中

井中就是镜中
井中人就是镜中人
无数的身影不断重复
山羊般艰辛地移动

不是不同的人
只是换了不同的姓名
吃这同一口水井的水

我努力探下身子
脖颈太短
难以直接喝到水
不能看清井中人
就无法如同光一样
找到自己遗失的影子
也就无法发现自己曾经的错误
经历过的路线

36. 冬日北方荒原上的一棵树

没有经历过多少雨水
这棵树就要干枯了
如同附近村庄的少年
没有获得关心就老了
暮色中迷途的山羊还在寻魂
这棵就要干枯荒芜的树
也像是没有了根

这棵树孤立在四野之中
一个鸟巢空空如也

如同黑夜中的提灯人
照照周围是否似曾相识

不知这棵树春天能否再绿
提醒我尘世短暂
这荒原上曾经流淌过口哨
野花里消失过背影
应当抓紧时间
在雪下找到树的根

37. 愤怒的春天

那么多的桃花忙碌着
那么巨大的喧嚣
沉没在安静之中
迅速地生
迅速地死
桃花开的过于鲜艳
在春天之中
在巨大的舞厅之中
闪烁着一张张假面
所有的旋转都不知道最后的方向
所有的奔跑都不知道合适的角度

树上的桃花

看到了绽放

也看到了愤怒

树木淹没了蝴蝶的家园

为何在如此明亮的春天愤怒

一半是生命

一半是毁灭

生死就在一瞬

38. 伤痕

童年的所有植物

根须都有伤疤

都是向上生长

难以到过去寻找

这些根也无法立足

挡住了上面的阳光

遇到大雨之时

会让面前根须婆娑

过去的村庄回不去

这些伤痕已经痊愈

街道被遗忘

手提马灯也难以找回

不是门窗

阳光难以穿梭

治疗这些伤痕

整日除了煎药还是煎药

阳光的高度都被缩短了很多

内心的木柴也基本耗尽

最终发现不见了药引

39. 月光下的犬吠

这夜色如此深沉

万物都沉入一只巨大的眼睛之中

众人都在熟睡

更少的人在墙壁后

收留了更多的灯火

我们无法到达彼此

夜色好像比尘世辽阔

有夜鸟隐藏着鸟的世界的往事

家犬守护着门户

野犬守护着旷野

不同种类的悲欢

往往不能互通

这一刻我好像处于正中

每一次犬吠都触目惊心

夜是死亡的一面

犬吠是一种警醒

这些月光落在地上

虚幻却如石头般威慑

再深的夜色中

我也不会下落不明

总会有一片月光跋山涉水来陪我

穿过失落的街道

总会有声音停在那里

让月光再亮一些

40.雪中的村庄

投胎到北地的人

每个人心中都住着

一个雪中的村庄

必须感谢这些乌鸦

让这片雪地成为经书

这些炊烟也是如此

让我不至于成为

风雪中的孩子

必须感谢这些雪下的动物

孤身将整片大雪抬起

我的孤独就不是

整个旷野的孤独

这些雪中的动物
无论大小
或者能否飞翔
提醒我原野还在活着
如同这雪中的村庄
无论大雪是否封住门户
我也能感受到余温

41. 冬夜

这是冬夜
花已经休眠
香气成为昨日
如同一个人到了尽头
水在临界点凝固

簌簌的雪花从看不见的夜色中
伸过来一簇颤动的明亮
即使微弱
也不会让我如同原野之人那样遗失

我怀念那些在夜雪中行走
那些与冬日麦子相伴的道路
现在人和星光都已散乱
一只夜鸟掠过窗棂

没有哪个夜晚让我的心中长出翅膀
没有哪个夜晚像这个冬夜
更让我心惊

42. 天空之路

天空，最大的一面镜子
沉睡也是醒着的一片苍青
即使秘密都在背后
也能照到我们经历的熙攘世相

多少人隐秘地来
多少人隐秘地去
有我们看不见的道路

如果不是如此
那么多的植物都是向上生长
那么多的羽毛都在向上飞行
我们都是被遗弃者

最多的水不是来自我们脚下
它们来自天空
神灵后院的一滴露珠

地上的道路已经太多

脚步簇拥着脚步
就没有了道路
天空没有道路
脚步隐藏着脚步
一滴露珠里看见了天空之路

43. 不知不觉地失去

不知不觉地失去
划火柴的手
点亮了狭窄的石制的房子
同样是石制的楼梯
倾斜着向上
对年轻不是威胁
而是一种向上之路
年老者却意味着失去

不知不觉地失去
你佝偻以前的姿态
油灯点燃又熄灭
这曾经熟视无睹
不是天机
当时却无人猜透

深夜容易隐藏更深的死亡

并不会失去一个人而丧失隐瞒的本意

无论如何生死都与本地相关

有人死于水

有人死于木

你死于石

归于火

44. 在有力气时尽力呼喊

一切都不是我的

肉身只是让我的灵魂暂居

眼睛让我看见世相

手让我温热冰冷的人间

脚让我在多歧义的尘世

区分人走的小径

总会有人在鸟巢上

敲入让人窒息的铁钉

总会有断羽的人忍不住悲声

振翅的鸟就会去衔来粘土

弥补破裂的铜钟

让沉睡者在黎明前醒来

那些幻听幻视的人

是世上的隐者
为我们保留着白雪和白纸
那些在寒风中前行的
是在寻找骨髓取火
那些在泥泞中伏地的人
都是在土中找寻喉咙
如果他们不得不沉默
我就在有力气时尽力呼喊

45. 钥匙

无人可以求助之时
我会把体内的钥匙取出
把鸟的羽毛取出
这些尖尖的鸟喙
有着与心脏吻合的褶皱
钥匙和门之间也埋藏着这样的谜语

尘埃中的人没有多少差异
门让众人一视同仁
钥匙决定了彼此的距离
有了钥匙
可以让旷野高处悬挂声音
让白雪堆积梯子

手持钥匙时没有发现什么不同

每次丢失都意味着一场风险

语言一样的钥匙

手术刀一样的钥匙

我要用它打开久病的门

46. 火一样的东西

一切与火有关的都可能是种子

火被燃烧赋予名姓

即使危险却能够让我们发光

这是开启事物秘密的一种方式

瞬间发光也可以

彗星和昙花都是另外一种火

一种开在天上

一种开在人间

开在天上的垂怜我们降临到人世

开在人间的让我们的想象能够到达天上

那愤怒和青春也是值得珍视的火

说明我们还在燃烧

距离灰烬还有段道路

告诉我们来到人间一趟值得怜惜

毕竟没有空空地燃烧

太阳、炉火以及一切火一样的东西
直到落日融金时
直到火炉熄灭时都是如此

47. 废弃的铁矿石工地

我多次前来
不知是来寻找自己
埋葬的青春类似的旧物
还是寻找这个废弃铁矿石工地的亡魂

在更高之处
树在生长
草在开花
山蝎生死了不知几代
光影在高高的山峰上游移不定
我千言万语而来
风太粗糙
嗓子临阵退缩
竟无一语

我不知自己是虚情还是真意
探访这个碎石遍地的故友
曾经气势如此坚硬的骨骼
为何还对我的拜访惊疑不定

对比是一面镜子
或者这只是我内心的反射

48. 客栈与落日

对于客栈这种漂泊的词语
不要用落日镶嵌
黄昏中疲惫的驴子
不要用乡村土路镶嵌
野花也不要镶嵌到
遍布荒凉的原野
炊烟也不要和古老的村庄镶嵌
飘渺的绳索让我倾斜

即使是客栈的漂泊
也可以寄养我幼兔一般的童年
落日也可以照亮最后的一段光景
黄昏中的驴子
疲惫却可以送我一程
野花可以让原野成为星星之城
炊烟虚无
可以让我免受饿殍之苦

祖父与我
不要镶嵌在彼此擦肩而过的地方

不要让我对他的爱迟于落日
不要让我的悔悟
遗留在客栈黄昏之中

49. 精神病人

她的心脏如鸟的舞蹈
在打谷场上无与伦比的轻盈
对比见证了一次山崖的崩落

那以梦为马的人
那以树冠作伞的人
那以月亮为船的人
你们都说是精神病人
因为你们没有梦
你们的树木养在精致的葫芦中
这只葫芦只会呼吸
你们的船都被锁死在水泥之上
无法出海

众人都在沉睡之时
为你们敲响清醒的钟声
在众人手指失去敏感之时
为你们弹响尘世之弦
在向上的通道阻塞之时

整日张开耳朵为你们接收神谕

在万事万物成为浮冰之时

用体热为你们揭开隐秘

与你们不同

就是精神病人

在精神病人眼里

你们也是如此

50. 孤雁

只要飞越了高峰下面的人就远了

那些觊觎的枪支也就会失去准星

庸常和琐碎的小块土地不能再封锁

飞啊飞啊在这孤独的时光

没有陪伴也是一只飞雁

孤独也要飞翔

身披羽毛就有自由之心

背后的雪很大

脚下的风冷彻骨髓

孤雁的羽毛颤动发光

在世相的上空孤独地飞

整个大地凸凹不平

天空之镜阔大

悲欢离合被照的淋漓尽致

天空是一座巨大的坟场
时间比天空还要无垠
孤雁飞的再快也是如此
翅膀的力量微弱
很难在时间的黑暗中溅起火
他要在羽毛尚未燃尽之时
在上空寻找一座点缀星辰的墓碑

51. 忏悔

我的忏悔在河水和旱田
中间相隔无数的堤坝
水车还隐藏在一片芦苇之中

我的命不在命的手中
我的忏悔从屋顶接住流星
我的忏悔从铁石中提出纯铁
我的忏悔生长于忏悔之中

我的忏悔来自原生的树木
我的忏悔超越了楼梯
我的忏悔可以逆天改命

树木为枝条砸中野菊花忏悔
鹅卵石为挡住流水而忏悔
树木还能够长出枝条
鹅卵石还会结下种子

我的忏悔根深叶茂
隐藏在最陡峭的屋角
我的忏悔一边种植
一边采摘
我的忏悔看到了神龛内部的微弱光线
我的忏悔还不会完全失明

52. 走失

不知什么时候开始走失
一道沟渠断裂着另外一道沟渠
一段山壁与另外一个山壁遥望

我不停地闪展腾挪
为将来的相遇腾出房间
收割麦子为种植玉米
收割玉米为种植红薯
收割自己为了种植什么

不知走失的是我唯一的兄弟

还是唯一的自己
让童年和暮年相遇
让往世与今生相逢
不知什么时候会灵魂附体

一生都在寻找
在雪地之上
赶着乌鸦一样的文字
在土壤之中
蝼蚁一样的翻土
不断修补断裂之处
把一段水连接到另外一段水
驱赶一片声音
到山壁之上寻找
另外一片山壁的回音

53. 大雪正在赶来

大雪正在赶来
我听见了马车的声音
长者披着雪白的长袍到来
轰隆隆地拖着一地雪白的幕布
彻天彻地
西风中响起了鞭子的声音
看不见长者隐于何处

无论羊圈里的羊如何惊惧不安

雪夜也不会减少半分

只能选择大雪打击的部位

却不能选择打击的力度

有人是彻底形神俱毁

有人只是伤了肉身

很多人的一生就是最后

被雪抚平褶皱

折叠平整重新放好

正在到来的大雪

可以作为一些谢幕人的幕布

活着不易

很多人一生就是一次死亡的仪式

54. 祖坟树杈上的鸟

不知以花为盏的人

不理解这只鸟

不懂以露为酒的人

不理解这只鸟

在牵牛花布满秋天的早晨更是如此

在祖坟之地还有生命的颤动

这只鸟站在截短的树杈之上
残缺却充满神秘
脚下树枝指着上下
对我暗示着两种方向

这只鸟黑白相间
人间也是黑白相间
在人间最难洗净身子
在祖坟最易想起向下的道路

在祖坟旁边的泥土里
芸芸众生的黑色蚂蚁还在松土
黑白昼夜都是如此
这只鸟就站在上面
旁若无人俯视四方
仿佛只有它才知道为何活着
仿佛只有它才能看懂墓碑的文字

55. 天象

夜观天象
山在山之外
星辰都在星辰之中
事物都在事物的核心
这里都在秘密成蛹

蝴蝶正在修练

丝越是坚韧

越能够破茧而出

整个夜色由萤火虫推动

天象由星月推动

我被无数个我所推动

向上是所有人的向上

坠落是我一个人的坠落

不知谁在一直拆着梯子

梯子在不断腐朽

可供攀爬的隐秘空间不断减少

留给我的并不多

这不是沉睡的理由

在未知之地

眼睛才不会失明

最终一切都可能背弃

天象最深之处才能挽救

56. 尘世之嘴

每日都被投入尘世的嘴中

被反复地咀嚼

被塑造得如同塑料一样

四周干净而舒适
如同封闭的严丝合缝的房屋
防止我灵魂出窍

屋内有果蝇飞舞
衣袖里充满了凌厉的风声
我的肋骨不够柔软
日复一日地接受冲撞

屋内巨大盆栽的土壤暗黑无比
蚯蚓能够蜿蜒前行
我不希望和它们一起失明

不要以为黑暗空幻
却是一把锋利的剃刀
日复一日地切割着我们

在房屋的顶部
悬挂着星辰一样的灯火
或者只是虚幻的闪亮
这是一只飞蛾赴死的理由
也可能是复活的根据

57. 夜空之思

熟视无睹的可能是真正的食物
空气、水、土壤、高大的树木
以及它们围成的家园
祖先们在家园劳作
家园变黑就可以看见夜空
我们都是在失去之时
才能看见他们

我与夜空咫尺天涯
又瞬息即至
我用空气相连
用水沟通
用土壤种植高大的树木
让我攀援而上
祖先并不遥远
还在等着我

我将最终与家园告别
成为祖先
也将俯瞰遥望
让人世接受我迂回的仁慈
所有的希望都留在人间
这是我在天上夜色中的唯一理由

58. 山地

没有河流经过也不会干旱

这里和雨水只是相隔一片雷声

一段闪电到来之前

车前草也不会惊惶

已经准备好了身体内的草根和泥土

白杨树挺拔且枝干的围墙坚固

适合做鸟巢的家园

鸟也喜欢聚群而居

如同坟墓中的亡灵

群山的栅栏连绵不绝

没有什么可以偷走它们

没有山羊也不会寂寞

没有蕨菜这里照样有春天

这满地的野菊花、牵牛花蔓延

无论多久也不会荒芜

荒芜的是经过又出远门的人

乌鸦也不会诅咒这里

这里适合神灵及亡灵共同居住

适合生也适合死去

如果山坡的角度合适

还会听见亡者感恩的声音

59. 北方收割后的石头稻草人

冰冷的身躯在炎热中曾挥舞着身子
石头和阳光一样挥洒自如
大地可以回收庄稼
没人回收稻草人
稻草人埋葬自己
殉道者不会说话

稻草人
大地上的流浪者
现在阳光的刀刃不够锋利
不能入石三分
霜冻触手可及

只有我知道你是暖的
夜晚也在守卫着田野
与我遥遥相望
冰冷的陪伴抚慰人心

你的孤独是整个田野的孤独
树木是一个族群
独自开花散叶
鸟在低空恐惧地逡巡
人在无言劳作

你是异类
被塑造成人的替身
神灵的最低阶层
没有祭祀
风为你诵经

我一直认为稻草人
只是稻草人的替身
石头垒就的稻草人
抬高沉默的魂灵
在更高之处观看

风将稻草人破旧的外衣吹拂
经文在风中翻动
没有谁会误入
这里的一切都是信徒

即使山地被收割
你也是巨大的心安
安静如同树洞的怀抱
制茧人还在抽丝
不管是否知道有人守候

稻草人紧贴建造者的面孔
互相临摹
外表破旧内心坚硬的石房子

我的曾祖父在里面行走

我的祖父在里面行走

现在的门开在哪里

周遭事物逐渐角度陡峭之时

你用安静防止颠覆般的倾斜

庄稼收割后一个身影更加孤单

仿佛知道将要收割的是自己

看护庄稼的人

看护命的神祇

稻草人

知道你在田野里喊我的名字

60. 冬日黄昏前往祖父母的坟墓

我和祖父母的坟墓只是隔着

一道残阳的最后呼吸

一只破碎斗笠最后的缝补

与其他人的坟墓不同

即使是在冬天

也不会散发出冷光

这座坟墓

倒立的青瓷大碗

一场雨水可能长出树木

我站立在巨大的宁静之中
只是知道曾经到过这里
不知曾经消失

或许这座坟墓只是障眼法
一个通往异域的门户
松树也帮忙掩饰
散发着青绿
周围的土地曾经被反复地书写
只是看不到写字的人
并没有荒芜
祖父夜里还在严厉监工后辈劳作

不知祖父的坟墓通往哪里
是否趁着我们不知
又秘密地转移
躲入黄昏的栅栏
火一样染红的栅栏
在看不见的地方
遥望我们繁衍生息
日复一日地推动生活之轮
所有的一切都能满足
只是这座坟墓对我的呼喊
无法回声

第二篇　一切都将失去

61. 一切都将失去

一切都将失去
你见过的被雪覆盖的
或者被绿枝叶子所覆盖的村庄
都将成为他人的村庄
无论多坚固的堡垒
都不能抵挡时间的十万甲兵

那城市必将被绿藤爬满
道路将会瓦解
蝼蚁或者老鼠将会占领
无论是富人或者穷人的宅子

道路上行走的人
更是不堪一击的芦苇
你放眼所及
都是一群暂时能够移动的骨头
年轻者的衣服看得见的加速腐烂
年老者更是花期过后的奢靡
和你说话的都将沉默
和你相依为命的都将离去
哪个更为幸福

是因为有人更先埋葬自己

一切都将失去
我把井中的水反复品尝
把手中的古玩
反复抚摸
我把怀中的孩子
反复亲吻

62. 回归

等到大地回归巨大的宁静
雷霆也回到雷霆的中心
那曾经的山间跋涉者
去寻找遗留的木与石的房子
这是骨骼和肉身的结合
跋涉者也是去寻找自己丢失的前身
寻找沾染着黄昏的栅栏
牵牛花还是开得幽蓝
猫从屋檐梦一般一掠而过
驴子在草棚中反复咀嚼
眼神中仍然有我们不了解的隐秘
我手持一支词汇的火把
小心翼翼地进入

无论河流多长

也要回溯漫游

像是当年出走时一样

蒲公英、风筝及风信子

都曾经是我的亲戚

我的包裹就是自己

所有的出走不过是反复

所有的回归就是不遗失自己

我从布满尘埃的路上出走

鞋子上被数代的亡灵所溅满

后代的脚印也是如此种植

生生息息

我来自尘埃

必将回到尘埃

在火的加持之中

不知所终

63. 坐在山巅读书

坐在山巅读书

万物就在身下

树墩之上枝叶缤纷

离地三尺的神灵

眼盲者忽然看见了绿荫

沉睡者陷入敲碎了的铜钟

围观者都头顶着光线
用太阳的小脚
一点点地挪移
用隐者的姿态围绕打坐
风将经书翻得针一样明亮
疼痛是安详的前驱

群山并不遥远
这里是神灵的家园
没有栅栏阻隔声音的飞鸟
可以为用来种植庄稼
眼睛的射程不止一箭之地
没有语言不能翻越
我看见乌鸦飞过白色的石头
词汇晶莹剔透
翅尖都闪着动人的寒芒

在山巅之上读书
在天空放牧星辰
牛羊都在吃草
在无数惊奇的眼睛中
看到了尘世的唯一

64. 山中仰望

一起仰望
由清澈变为浑浊时
从纯洁变为邪性时
在灵魂无处可以栖息时归来

进入此山者
金中之金
木中之木
水中之水
火中之火
土中之土
至纯的种子值得保留

不要以为看不见
也不会忘记
仰望星辰
就会轻轻抚摸脊背

风从四面八方而来
草木向四面八方摆动
看不见的力量
就生长在这些草木的根部
让内心安定

这里是地上居住的房屋
是最浓深夜里怒海中的灯塔
是漫漫沙漠中的泉水
防止众人的内心陷入荆棘丛生之处

使多人成为一人
分担痛苦及欢欣
使一人成为多人
力量倍增
使高呼在山谷中听到回音
生长飞升的翅翼
燃尽不良因素
到达神秘之境

在时间的巨浪中横渡
超越逻辑
走到逻辑之网外的星空
走出皮囊
暂时的寄居之地
欢乐的幻影转瞬即逝

欲望是大风
在河中掀起滔天大浪
携带越多
肉身就越沉重

会水者往往淹死在水中

潮湿的木头很难点燃
纸面的文字不是最大的火
仰望能够点燃
心中有一盏灯

65. 慈悲之境

不论狂风是如何吹打内心的篱笆
以及雷声不断敲响木屋
慈悲是温暖的大手
消除痛苦的湿泥
让肉身沐浴欢乐的露水
安静的河水流向内心
这是到达家园的必经之路

这是纯中之纯
是爱中之爱
与父母相通
处于更上游之处
任何私心都在此驻足

在慈悲之河中濯足
勇士获得了护身武器

牧者得到了看护牛羊的鞭子
让冰雪消融
推开黄昏
连绵不断的歌声在大地升起

以慈悲之眼
看清生命中充满无常
以及黑暗生活中的道路
不会让你空手而行
这是随身携带的寒夜中一盒火柴
越是黑暗之处
越见慈悲的光明

66. 蝴蝶还是雪花

难道我的鼻子迷途已久
很难再嗅到野花上的蝴蝶
那些奔跑的歌声
为何未再响过
那些飞过白天与黑夜的蝴蝶
为何未再回过

难道是我身子过于沉重
很难再看到蝴蝶如此轻盈地飞
我的村庄为什么落满雪

蝴蝶也无法驻足

蝴蝶和我都知道

我们都是在等待一把火

雪中的夜太深

火都找不到自己

到底是雪花还是蝴蝶

取决于你自己

事件之路蜿蜒曲折

回头就在短暂之间

67. 正心

心是一条涛涛不绝的河流

船夫是我们

巨浪也是我们

船在航行

船桨在摆动

帆在摇摆

都是正心在动

远方的陆地之上

有人围绕自己在舞蹈

正心连接着正道

魔由心生
相由心来
内心即战场
一个人最大的战争
就是与自己争斗

可以使跛者生出脚力
聋者听到妙乐
盲者看到光明
使抑郁者喜悦之泉翻涌

正心是敲钟人
在昏昏欲睡之时
正心是牧马人
在马盲目奔跑之时

丧失正心
走得迅捷了
也是走得缓慢了
爬得高了
也是爬得低了

万物都会有裂痕
这是本来的色彩
裂痕宽如鸿沟
正心如履平地

跑的再迅捷

也没有灾难迅捷

灾难来自四面八方

正心面向四面八方

68. 求救与脱困

每个人都会困在荒岛

叛逆是船

也是海

每个人都是在脱困

你认为是在船上

其实还是在海上

岛与岸之间

不是隔着一片巨水

而是隔着求救的声音

船如手指

一次次爬上岸之悬崖

又一次次松开

如同陷落在梦境中

一次次醒来

又不愿意醒来

69. 因果关系

因果应当有灯
光线能够置于高处
就能垂落于内心

世界上最锋利的宝剑
不能切断因果
一骑绝尘的马
发现落于因果之后
没有看见缰绳
却不能摆脱因果之手
因果就附着在身上
消灭了因果
就是消灭了自己

在盛夏的果园里
外表生机勃勃的树木
根的腐烂直接连着果实
获得越多
树干越沉重
直到将自己压倒

因在河流上游顺流而下
就能看见下游的果

无论距离有多远

因果自己运行
所有的力量都来于自身
一粒风沙迷了眼睛
你们不知道原因
风沙知道
一场山火烧毁了房屋
你们不知道原因
山火知道

不要以为因果的链条过长
没有哪粒沙来路不明
没有哪场雨到来没有原因
不知路通往何方
到因果中去寻找
不知命将如何
命在因果之镜中梳妆

70. 绿皮火车开往哪里

只有夜幕降临
这列西去的绿皮火车
忽然有了意义
在众生都昏睡之时

在黑夜的盐度最浓之际
这列火车也并没有锈蚀
如同一把巨大的剃刀
将周围的黑色铸铁——削薄

绿皮火车不紧不慢
打着时间的节拍
如同没有铁轨
在黑色之海中航行
断定这不是在梦游
仿佛受到什么暗示
只是在一直向西

这么巨大的惯性
没有人敢于跳车
所有人都被裹挟
每个人都神色漠然
无力关心何去何从
多年前我上过这列火车
最后不知它开到了哪里

71. 湖水里有一条沉船

难道湖水也如同高明的作者
故意在书中设置迷局

让自己看起来曲折不同
一条沉船是一次事故
还是一次任务
不同人的眼睛
有不同的反光

湖面透明而纯洁
不同于山野中
柿子熟透时的野火之爱
原野上开遍了野花点缀的薄雾
以梦境的方式触摸我
似曾相识的拥抱
留下清凉的余热
打开一扇门
就会滑入神秘的瑜伽之中
这里适合死亡
也适合埋葬
幸福地死去不是一种灾难
而是一种修行

湖里有一条沉船
我对镜自恋
反复临摹自己

72. 机缘巧合

在旷野中撒下的种子
遇到细雨就是机缘
声音穿山越水能被耳朵听到是机缘

在一个密闭的暗黑房间内
有人在里面呼喊
有人在外面应答
声音正巧相遇是机缘

隐者在山顶端坐
有人认为是枯死
有人认为是静修
能辨认出的是机缘

没有机缘
旷野中漫天下雨
也不会淋到一滴雨点
机缘巧合
芸芸众生中掉下一瓣花瓣
也会飘落到头上

星辰奔向天空
河流流到大海

隐者位于群山之巅

机缘星光闪闪

机缘之光只是照在有缘人身上

73. 逆风而行

最大的风一定来源于自己

这是寒冷的根

从发梢开始

胡须四散而飞

一座木房子被吹的空空荡荡

在风中抚养婴儿

门外雪压四野

火炉岌岌可危

如何长大

不仅要靠神灵之门保佑

也要靠逆风中如何站立

如此冷冽的西风

吹啊吹啊吹啊

被号角所鼓舞

夹带着鞭子一样的警醒

吹到魂灵的冬眠之处

不能用来浪费

如同每个人降临到人世一样

这些冷峻的文字
应该用来写一些
人世不如意
逆风、逆流或者逆旅

74. 生死

在尘世最高之处
最中间之处
生死的流水川流不息
推动巨大的磨盘不停运转

生死之间只是相隔
一座陡峭无比的悬崖
生在顶端
死在底端
无论是否看到
都会从顶端向底端坠落

死亡是最大的警告
鞭子打在牛羊的身上
区分人和神之间的界限
压制狂妄与肆无忌惮

生不由己

死不由己
再强大的蝼蚁
也翻越不了死亡的大山
声音再过响亮
也没有死神的声音响亮
眼睛再过敏锐
也看不到悬崖的底部

生为万物铺展宏美无比的画卷
死将这合上
生的阳光闪耀让万物昌盛
死亡锋利的镰刀高悬
只是看不见手持镰刀的人

人从出生
就是时间的囚徒
死亡是最终的宣判者

人这一生
生死都并非易事
不仅要安全地生
更要安全地死

75. 废墟

只要有月亮
如同弯刀散发寒芒也好
也会将寒夜的杨树的隐秘
泄露到斑驳的庭院之中
夜鸟后知后觉
安睡在屋檐之下
却不知何时安息
只知道房屋骨骼坚挺
却不知将要成为废墟

所有会飞的都跑到天上了
屋顶上有人徘徊震动碎瓦
脚步彻夜不眠
数着天上的碎钻没有尽头
半夜的细语不成逻辑
能够懂的自然会懂

村庄外的原野仍然冰冻般沉默
早春北地贡献出一河的碎冰
曾经给河两岸的婴儿喂奶
也埋葬过无数的亡灵

我的房屋逐渐失修

屋顶散放着斑白的细雪
干枯的房梁将不能承受自身的重压
每个人都将成为废墟
关键是否能够重建

76. 旧宅

一条搁浅的鲸鱼
苍白而濒临死亡
原来巨大的身躯
因在冬天而瘦小

门是最明智的语言
不止一个人拜访无功而返
我一个人躲在语言的阴影中
树木曾经泛滥过浓荫
此时只有风才能自由穿梭
一道门人影闪现
恍惚中隔着生死

候鸟不适合在这个巨大的冬天返乡
那棵熟悉的杨树被时间砍伐
没有茂盛的草木
抵御这一地寒霜

牵牛花曾经千娇百媚
雪落在栅栏上
像是一场梦幻
不能再深入内心
有老鸟曾在这里筑巢
梦醒时像什么都没有发生

77. 悟道

开悟是在身上开天辟地
从一粒尘埃变成真正觉醒的生命
是夜色中的闪电
漆黑中找到前行之路

在悟道之前
得到可能都是失去
无时得安
在悟道之后
失去也可能是得到
时时得安

悟道之前
行走可能是戴着镣铐
在悟道之后
身上会长出翅翼

不悟道将禁锢于方寸之间

悟道可以飞翔于宇宙之中

在悟道之前

内心是波涛翻滚的怒潮

在悟道之后

内心成为风平浪静的港湾

悟道是领悟自己的内心

在悟道之前

你不是自己

在悟道之后

你变成自己

在悟道之前

一切都有我

在悟道之后

一切无我

78. 水中的鱼

水中不仅有鱼

泛滥着自由的身姿

阳光下泡沫发出幻光

也有鱼刺

折断的芦苇会毁于一场大水

在水的关节之处
整条河流有赖于此
疼痛也发源于此

河流会温暖其中的一切
一生最冷的时刻
让鱼腹背受敌
我们只看见鱼在水中行路
没有看见白银的鳞片落花流水
鱼也会溺水
悲伤会溢出河岸
鱼不会表达
我吞下了它的肉身
抢占了它的喉咙
顺水而下
难发一言

79. 空幻之灵

时间是最为凶残的刽子手
日复一日地杀戮
最为迅速的战车
奔跑得再迅捷
也难逃碾压

空幻之灵是身体内的灯火
照亮黑暗的内室
如同埋在灰烬下的炭火
火焰已经熄灭
下面的炭火还在燃烧着
是枯草下面的嫩芽
即使草变得枯黄
只要有绿色的灵魂存在
春天还会有再生的机会

空幻之灵
是另外一个通灵的自己
失去这座桥梁
就会一直无法到达彼处

能够摸到的东西
不可依靠
越是能够看到的
越是难以相信
那些看起来坚实的路面
往往难以行走
那些平时美味的饭菜
会难以下咽
空幻之灵不可捉摸
却是最大危机之时的依靠
是最饥饿之时的饭菜

80. 挽歌

人都是在夜空中坠落
无论如何挽留
也无法改变
即使是彗星

所有人居住的循环的水中
排列着公平与不公平
往事不断折叠
在这里九九归一

所有的奔跑都会断裂
风向反方向吹
恨与怒都已安息
悲欣握手言和

人都是要穿越巨水
有的在此岸
有的在水中
你在彼岸遥望

81. 收割

即使是一刻

绝不是虚度时光

风中的镰刀寒光闪闪

众生的麦子

都在等待收割

阳光罩头

雨水扑面

收割也是被收割

大地平整如同镜子

悲剧和喜剧同时上演

我们如何收割麦子

就可以看到如何被收割

收割是过程与结果的对峙

生与死的对峙

决定以收割为食的众生

被收割

还是长出根须

82. 苦厄

如同黑鸟

苦厄天生就带有黑色

在骨头里可见苦厄
在肉体里可见苦厄
苦厄来自于生死
生就是苦厄的开始
死是苦厄的完成形式

苦厄高悬于无名之处
是人的命中之病
不知病在何处发作
也难以治愈

没有看见苦厄有脚
却有闪电之翅
可以一日千里
让奔跑躲避成为徒劳

把苦厄当作梯子
就可以去摘白色的果子
黑白也会轮换
穿上阳光的衣服
就可以过白色的日子

83. 一个老旧的鲁西南火车站

火车在平滑地掠过
分开天上的星辰和破旧的城市

一张巨嘴将一个个惺忪的人吐出
又吞噬了一个个

虽然老旧
我是借助了火车的力量
才能够让自己显得更加庞大无比
迈入候车厅之时
就失去了物理的力量

那是一个早春零度的午夜
候车厅外有匹骡马喘着热气
几只留鸟羽毛充满夜色
路灯下稀疏的人被路灯拉长
不知睡眠的宾馆招揽着生意
一个邮筒人似的站着
绿色的外形感觉还很年轻

凌晨的候车厅并不安全
灵巧的手指和觊觎的眼非常清醒
即使我记得当时能够逃脱小偷之手
如今我经过这个鲁西南小城的站台
还是感觉有什么被偷走

84. 仪式

在湖水里看得到
在巨石中看得到
在青山中看得到
在虎吼里看不到

一条瀑布自上而下诵经
众人在两边围聚
神圣在崖壁上回应

飘荡在大地上的尘埃
不再四处飘动
随水逐流的水草
开始固定地扎根土地

从罪孽中抽身而出
如同走出一个魔鬼不时可见的山谷
洗净身上的尘垢

是一种建造的工具
开始建造房屋
不再是废墟
获得抚慰
重回母亲的怀抱

不再是孤岛
成为大陆的一部分
不再是独山
成为群山的一环

相互认同
不再是陌生
不再四分五裂
成为一个整体

用一把凿子刻上烙印
打上标签
知道属于哪里

控制住脱缰的野马
在巨大的电光面前
成为低垂的叶子

85. 书

这些都是天堂垂下的叶子
无名的巨手将它们翻开
上天将秘密展示给我们
让我们燃烧

不是白白地燃烧

一个苹果落下
一下让整个世界绿了起来
划过长满蒺藜的坡面
用水晶的言辞
为我们带来光线
把我们合上
又漂浮上来

活在书里
就是喧嚣的尘世中
活在深山的隐士
漂泊在生活的狂流中
书是那片触手可及的陆地
永远难以到达永远
除非用书来打造梯子

86. 道路通往村庄

在遥远的更远
谁的面目都是虚无
在黄昏中
一个人也不陌生

逐渐暗黑的四周还露出一点亮光

在村庄灯火还尚未点燃之际

在上方星辰尚未出现之际

把眼睛中岁月久远的微小事物

串联起来

我知道一切通往一切

一片去年的落叶

通往更远的落叶

一个村庄通往更远的村庄

一片黄色的花

通往我手中的灯

87. 一棵树在城郊让我随意地荒芜

在破旧的水泥与碎石之间

你生长着

如同整个世界只有一棵树一样

那些比你更高的建筑

都是死的

你是活的

在城市的边缘地带

生长一棵树

我也是一样

在每日的边缘地带
枝叶缤纷地幻想
这一天没有白过

没人知道
在这个城市的缝隙之间
我们站在一小块土地的对面
你向着一边荒芜
我站在你茂盛的影子里
向着另外一边荒芜

88. 一把刀的形成

这把刀子从出生开始
就位于食物链的顶层
在刀子形成之初
梦见了身穿黑袍的人
让火与之对话
打造刀子的人
是火派来的使者
火知道沉默的刀子中的喧哗
一把刀也与人相同
可以错过一切
却不能错过火

刀子看见的星芒
四处奔走的细小而闪耀的脚
这些闪亮的翅膀飞到哪里
哪里就知道刀锋的隐秘之处

都来自于火
都有沾染液体的倾向
不像是玻璃
可以用来充满酒
玻璃的锋利在破碎之后
一把刀子的锋利
在形成之后

如果不反复在火中淬火
这把刀子位于高处
就很难切割低处的疼痛

刀子知道自己要经历铸铁的黑暗
火的黑暗埋藏在最深之处
一把刀在形成过程中
就知道自己的归宿
生于锋利
也死于锋利

89. 开在山坡上的姑娘

这里曾经距离天堂最近
距离人间也最近
我就躺在白翠相间的山坡中央
那时太阳的高度正好
不高不低
适合少年攀爬
在树木的高处
鸟在做巢
就成为树木的果子
人在地上耕作
仿佛一切都不会变老

在山坡上的花朵没有摇曳之前
我可以对她们唱歌
却只能在三尺之外
那时我们头上笼罩着光线
脚下跳跃着朝露与山羊
手臂白洁
枝条四处伸展
舌头拍打着温暖的石头
蜻蜓以及最温柔的草
那时开在山坡上的姑娘
淡蓝色的花朵高过堤坝

这些遗世而立的花

不会辜负记忆

山神在侧护佑我们

野花星星点点

互相簇拥

没有古人的寂寞

也没有今人的寂寞

现在我头发斑白

任凭苔藓蔓延到我的脚跟

用一万两黄金

也难以打捞当年的气息

落日潜入山岗

我看见少年在击鼓传花

在松林里将风从一朵花

传递到另外一朵花

我看见松针掉落

用一根针刺痛另外一根针

90. 断指

整个下午我都坐在屋内

看一根断指

回忆它青春洋溢的时刻

更容易在镜中对比
感受它在钢铁下辗转反侧
如同失眠的人
在锅里反复炒着蚂蚁

所有的斩断都不会彻底
还会藕断丝连
窗外山头上寒天已至
冬天阳光温度有限
不能全部照亮
曾经的采石场
被挖成了一段虚空
它在自己寻找自己

这根断指
如同砍断枝桠的那棵树
整个山谷都围绕它转动
下一刻
它就要从枯木变为火
再次成为身体的一部分

91. 镜子

一只镜子在破碎前
闻到了昙花的味道

其中的缘由
可以求教于铸铁
在被炼成刀子以前
一位导师疲惫的胡须
遥望一场深度的睡眠

衣服已经准备了数份
折叠整齐
必须用最鲜亮的那种
避免彼此相撞
书是最好的嫁妆
可以嫁给任何人
爱情已经属于奢侈
镜子里的东西都是镜花水月

在夜间也不得安宁
将自己置于镜前
点燃一把火
劳动、写作或者舞蹈
这是我前世或者后世的模样
只是不能大口呼吸
或者伸手触摸

92. 一个人在山顶唱歌

一个人在山顶唱歌
像是诵经
用歌唱的形式

此时正是落日
这些太阳的余烬
也比人能够多活不知多少代
超度山上倒下的树木
让自己成为断掉的草
感受死去又发芽的轮回

山下的远方
一座旧宅炊烟被永久劫掠
山顶上的声音
对一只破旧的鸟巢有了恻隐之心

树叶
会飞的经书
及天空后院的门帘
山顶上唱的歌长在巨石的腰上
只要继续翻动
就无生无死
无始无终

93. 雷击过的焦木

雷击中木头
是一场已知与未知的对话
雷是一种偶然
击中却是必然

这是雷所制造的黑豹
带着神所降临的天赋
区别凡间事物
且无法接近
伤害也从内里产生
如同黄昏后
黑色从大地上升起

乌鸦走在雪地里
如此重大的凉意
以及可以临摹的镜子
这根焦木并未感觉到
能从火中的炙烤中替换出来
最大的镜子只能照在
力气所及的范围内

一种黑无法消失

无法挽救
消除了黑就等于
消除上天给它的力量
消除了自己

94. 阴影

清晨很轻
将雨水的阴影过滤下来
无论花草是否有名字
家养的还是野生的
只要生活在家人旁边
都是亲人

这些年我就在父母不算高大的阴影下
日复一日种植树木
我知道这些树木上面会长满阳光
我是当家的人
却不知道叶子下过滤的阴影
也是我的

死是生的阴影
黑是白的阴影
我住在死与生的中间地带
处于黑与白的交错之处

呈现出斑驳的模样

不能认真地说阴影
是光明的另外一面
阴影是魂灵
将明亮的地方显示给我们

95. 老鹰之歌

只隔一个天空就可以到达
给我一个利器
我也能盘旋在天空
携带着羽毛俯冲而下
这些爪子不是罪恶
是天赋刻上的印记
老鹰来自于天与地之子
有天的基因
天生就会捕食时歌唱
饥饿时也是如此

羽毛可以装下天空
不因黑白而改变
即使在黑暗中
一种铁器也会发光
你的面具就是自身

不依赖于树
老鹰的根须扎在天上

老鹰没有降落
山坡在转动
天地在转动
围绕我孤寂的中心在歌唱
整个天空都是我旋转的影子

96. 夜反复地告诉

白天是一面巨大的镜子
将一切照得纤毫毕现
夜将万物一起放平
蝼蚁、马以及悬挂在墙上的帽子
所有的方位似乎都不明
都在这个时间的沼泽陷落
睡眼惺忪不知所措
挣扎却是一种本能
不跨越沼泽
沼泽就会将你跨越

这么无垠的夜
展开巨大的安宁与迷惑
驴子不需要依着木柱

也能睡眠
鱼在夜之水的半截自如起伏
我的断指不行
没有刺激就不是睡眠

还是会有失眠者
以及早起者
夜反复地告诉
没有人可以叫你
必须在知更鸟敲钟以前
把自己唱醒

97. 旷野

秋天用群山打造篱笆
把空旷围拢起来
一只鹰将太阳向西移动
将黄昏移来
这是神灵要迁居的前奏
站在最中央
感觉和旷野有种恍惚的联系

在旷野中
再真实的人影
也如同虚构

我们所看见的都不是真实的
如同历史
人影也是被剪辑

在这里你看不见无常的命运
个人的悲欢很是渺小
不是重点关注之处

对旷野可以直接呼喊
不必要采取弦外之音
无论如何
没人可以撼动旷野一丝一毫

在月出之前
你看不到旷野的真相
神灵把旷野隐藏起来
只是把最表层的一面留下

麻雀被搅拌到黄昏中
将地下遗留的谷粒
衔到天上镀光
诵读经书一样的安静从旷野中升起
赶紧撤退
神灵要把旷野中最重的部分放下来

98. 为父亲守夜

并不是只有失眠的人
才会真正知道夜晚的虚弱
经常失眠的人
是夜的陪伴者
无论何时起床
夜色都与身体熨帖
不会生疏
互相都是彼此的保卫者

这么安静的夜晚
往事不断敲门
打扰我
这么小的山村门户洞开
不足以阻挡住雾气的凝视
如此忧虑
似乎只有我一个人才能到明天转世

如果没有想象支撑
星光并不闪耀
若隐若现
远处田野下的河流水声变小
因为干涸而水位下降

犬吠的不是月亮

是凌乱的杯子

以及不善于饮酒的手

随着脚步不断撤退

这其实就是死亡的象征

不是在守夜

而是在守那个失去睡眠的人

最后的守夜就是保卫一个

夜色淹没者

守夜就是一场最后的战争

你消耗了自己的时间

我消耗掉了你

99. 村庄夜晚的灯光

如果不是灯火

夜晚的村庄就是遁世者

把一切放倒

十尺高的树木及一寸高的蟋蟀

都被隐藏起来

向日葵在村庄的夜里生长

低垂的叶子压制住内部的火

不能怀疑它

不是盗火者

灯光是村庄的真正呼喊者
打开院墙
代替年老的父母
把夜色推得更远一些
不论灯的主人是谁
都会以为灯火是父母为我们所留

有灯光支撑
村庄里再弱的一根草
也不会被压弯
向浸透星光的黑夜远处遥望
只要这些飞越尘世的光
还激动地闪耀
就不要怀疑废墟不会重建

100. 夜里有公鸡鸣叫

夜棺椁一样的平静
沉默的邮筒没有标记地址
每个人注定要被送走
即使是没有睡醒
只是不知送信的人何时到达

夜里公鸡的鸣叫
将黑色幕布剪开一丝缝隙
公鸡鸣叫一声天就快明了
很像父亲的一声叹息
过于绵长和冰冷
屋檐上就飘满了积雪

一只公鸡的时光被折断
石梯上清楚地听见一辆牛车
戛然而止的声音
血展开了双翅
一只公鸡临死时用这种方式
展现一种古老的图绘

没有一个人是多余的
灵魂停留在高处
在鸡鸣一样的身高
光线倾斜身子
展示出佝偻的弧度

一个老人迈进薄薄的冰
驴子在咀嚼草根
看不见的动作在粉碎

我们都在虚谈苦难
真正苦难的人却缄口不言

不必抱怨
我们都是受了上世的伤

不会再相遇
白日从东方来
你要向西方去
有光和有声音之地
忧愁河流断流之地
这里是新土
青草不论是否断根
都散发着熟悉的气味
像极了传说中的极乐世界

101. 梁丘不仅是拉面哥的家乡

远离人间
就是真正的人间
鸟在人的余音处建造谷仓
树叶栖息在陈旧的山井里

麦子被风又吹熟了一茬
南山高坡的梨花
让我想起一场梨花雨
人却不能重复自己

蝴蝶优雅地飞过菜园

比一场梦更为真实

麦芒如此尖及密

不过是一片麦子回忆的轮回

手指似曾相识

却不知敲哪一扇木门

102. 村庄里的预言

如此寂静

仿佛梧桐花开没有声音一样

如此接近

仿佛从未远离一样

一群牛羊低垂着叶子般的眼睛

虔诚的渴望并未消失

这是一个村庄的风水

所有的生死

所有的婚娶丧葬

都可以归结于此

一个牧人

隐藏在众人的中间

躲闪在众多鞭子的报应之间

这是一个安静燃烧的宿命

一直在奔跑
仿佛不知道
自己在追赶自己

103. 石头

石头中的隐喻看不见
这是火
如同时间一样的火
在无人处为我们搭建神秘堡垒

无论在地球的哪个地方
总是在石头上攀爬
有的快
有的慢
我们爬不过它们

那么多的石头堆积
并不会感觉到拥挤
多了就会成为山
不像人那样争先恐后
石头内心比人更加明白

石头是一面镜子
照耀着附近的生老病死

比镜子更为耐老

不可想象
如此锋利的石头
可以为宁静带来恒久的光

蚂蚁衔来石头
松针带来光阴
带来懂的人
围观者感觉到微微刺痛

104. 槐花

正是六月
万物都在节节升高
槐树开花万盏
小小的火焰占据一片王国
香甜不能由其他槐树决定
应当用蜜蜂、飞蛾把你抬高

美的如此世俗
紧贴石头的院墙
让屋檐前的烟火缭绕
蜜蜂也是如此妖娆飞行

这些野花都是神明留在人间的灯
在饥饿之时
无话可说之时
与我们对话
安慰我们

槐花落在地面上
并落成泥土
终得其所
让灵魂深爱身体
是一座无比巨大的幸福

105. 走进山洞

我在午夜降临之前提前报到
进入山洞
就是进入了一个自然分割的黑白世界
如同谁提前预设
让我体验一下轮回

如同进入自己的体内
进行另外一种梦游
我浑身战栗
难道是害怕或者是欣喜
遇到一群沉默的人

蝙蝠们偶然拍打翅膀

梦呓般地说话

这是一个黑暗者的家

是否通向光明未为可知

即使是单向通道

充满着黑暗的迷幻

也胜于无路可行

我害怕山洞一直没有尽头

更害怕山洞马上到达出口

没有变故就没有希望

没有信仰就没有奇迹

这么深的黑暗

掩盖荒谬还是隐藏神秘

必须双手慢慢向前探知

如此浓黑的山洞

必须点燃自己

才能摸索着前行

106. 圆月

这样的夜色

必须有盐和水以及铜镜

必须有圆月高挂在天上

村庄沉睡于大地
我就漂浮在它们中间

必须有天鹅飞过浅水
芦苇摇曳在圆月
爱情如果这么圆多好
如同月光融化到泥土里
极轻的雪落在身上

风太大吹乱了月光
白杨树举着雪白的布片
春天太短
寒日漫长
山地粗粝
瞬间落满了一地寒霜

头顶着月亮的光线
多灾难的人合上残缺的手指
寺庙的房顶上
乌鸦开始伴唱

107. 我还能在晴空下奔跑

我还能在晴空下奔跑
我的体内还有童年的驴子

耐力支持我拖着重物
颠簸通过村间不平的山路

我的体内还有沸腾的群山
那热气腾腾的早晨
好似昨天
即使留下余温
我还能奔跑

晴空下曾经无数放飞过羽毛
鸽哨中回荡着青春酣畅的汗水
那肋骨做成的鼓
敲啊敲啊敲啊
山谷中多年后的回音
露水数次打湿眼睛

在时光还没有完全淹没之前
我在逐渐不再锐利的鹰爪中奔跑
在蚂蚁掀动巨石的风声里奔跑
直到迷途者的眼中
看到了界限

108. 故土之山

故土之山
山中之山及众灯之灯

山中必须有灯的种子
灯的灵魂
无论山还是种子
都可以流传
无论是山还是灯中之灯
都可以站在云端的高处
引领我们回家
仰望故土之山
众山之山
我终生都在朝圣

故土之山
山中之根
树在这里生长
云在这里生长
这里生长石头
也生长石头般的身体
这座石头堆积的堡垒
混乱中展现着有序的逻辑
在云端降下的梯子
在升高中我看到了累积之力

109. 围炉夜话

这人间已经打扫完毕
过于安静

雪是梅花的节日
万籁俱寂
围炉夜话
围着火炉的人面朝春天
茶壶中发出开花的声音

雪是洁白的婴儿
有独特的语言
我们互不打扰
夜与火可以分享

黑夜纯粹
火炉位于中央
炉火是温暖的画师
黑夜有了斑驳的颜色

猫掠过庭院
留下梅花的痕迹
雪与雪伴舞
悄无声息地掩埋
旧事在茶叶中浮现
只是不可重来

110. 祖父的老院子

人出了远门
院子就失去了灵魂
留下肉体四面透风
荒芜占据了祖父的院子
鸟成了真正的主人
野生的藤蔓绑架了墙的各个角落

这里同时栖息着安静与巨大声音
如此安静
树枝折断的声音经久不息
甲虫的脚步如同洪钟

目前只是隐忍
还差一寸就到达荒凉
蟋蟀的声音高过青草
往事的光线穿墙而过
隐秘的角落里隐约可见

多么怀念太阳升起之时
这里会升起明亮的尘埃
鸟衔来安慰的声音
在无人之处关照我

111. 我在变旧

我在变旧
人间还那么美
树木的枝条没有更多
可供修剪
月光下每一枝梅花
都值得珍惜
绕房疾走者的骨节疏松
每一步都可能是最后一步

蝴蝶已经慢慢不再招风
将翅膀合二为一
一张黑白灰兼具的天空
返照一棵混生的植物
结满了多年人世间种下的酸甜苦辣

我趟过的大河水
会重新闭拢
扇贝一样
活着的时候会反复无数次
我们只是拉长了生死的距离
以此和先人及后人相遇
接头暗号就是留下了手势或痕迹

我逐渐变老

为何夜里还会突然醒来

随着钟声

神似婴儿的哭声

如同一把突然出鞘的刀

在惺忪到清醒的瞬间

闪着钝光

112. 挖煤

只有在煤的身上看到

绿色的树木

才能回溯到它们青枝绿叶的时间

鸟在唱歌

水在长流

我在煤矿的地底下

才能时刻不停

幻想或活着

在煤的身上

时间的影子<u>重重叠叠</u>

生命的影子日积月累

这些美好被冷酷地固定下来

成为黑中之黑

最为纯粹的黑色

让黑夜退避三舍

这些被囚禁的树木
在最幽闭的底层房间
如同我的四肢不能任意舒展
活着还是死着
命运将其打下十八层地狱
为了将它们拯救出来
我们挖
不停地挖
我将煤拯救到了地面
顺便将自己挖到了人间

113. 豌豆开花

你一开花整个田野就亮了
人间的坑洼不再难行
土地是我的
飞鸟的翅膀是我的
青春并未走向尾声

蓝色豌豆花的翅膀飞起
每一次展翅都是意外之喜
这一枚小小的脸庞
足以配得上

镜子大小的闪电

夜晚也是夜的女主人
再大的原野也要有人打理
用露水之笔
写一些精美的语言
一千里之外的半老之人
闻到了幽香
空空的酒杯被再次倒满

举起蓝色的小小火烛
不会失语
以自己的语言之灯
默默观望下半夜的月光
原野里的又一次叹息

114.办公室的一把椅子

这把椅子尘封已久
即使是窗外的阳光射入
也不会更加洁净
尘土已经布满肌肤
污垢已经深入她的内心

阳光涂饰表面

让她看起来与众不同
一个年老的巫婆
镶着廉价的光线

这把椅子荒废已久
空间足够大
能够坐在一起
却不允许他人靠近
即使被安排在中央
天生是矮子
就不允许别的椅子更高
这是她独霸的地盘
以寨主的名义

周围零散地飞着一些蚊虫
变化着不同的飞行技巧
伸出干瘪的触角与双手互握
远看是一场交易
更多的人在冷眼旁观
这场无声的表演

115. 采石

站在每一块巨大安静前面
都能感觉到石头的喧嚣

群山的喧嚣更居于其上
群山和我冷冷对峙
这些山是石头父母
我无心伤害它们的子女

采石
用我的手指去采
用手臂去采
用全身去采
我和石头不是仇人
宿命才是

阳光的鞭子让我盲目
变成一个盲人
却难以消灭触觉
石头和我之间的每次接触
都可能是痛苦之吻
石头的体内必定困住了
惶恐的刀子
不知道石头的锋利内心
如何化解
我并不锋利的身体

116. 乡村的木匠铺子

这个乡村的木匠铺子位于
城郊的低洼之处
也是人的低洼之处
高处可以晒到更多的阳光
低处只能与我当时等高
光线很难穿越
高矮不平的房屋
难以照亮我们

没有土地
木匠们只能将自己作为庄稼
锋利的锯条日日不停
在体内穿梭
为了迎合众人
这里的木匠不仅打磨木头
消耗木头
同时消耗自己

哑人不会说话
树也是如此
借助手中的大锯
树木向我
剖开了粗糙的内心

我是这些树木的嘴巴
在成为家具之前
这些树木的悲欣
我可以传达

117. 拾荒者

如此微小
如同尘埃降落人世一样
如此劳碌
如同命运被拴上陀螺一样

你们在人世淘金
这是你们的金子
废弃的发光体
被人弃若鄙履
他人到垃圾河边寻找爱情
你们让垃圾浮起了数次

我位于荒凉的人群之中
与拾荒者比邻而居
在白日下也难以看清
被白光所遮住的命运
如同隐身于地球的皱褶
太阳的角度开始倾斜

用一座石塔也难以丈量
灵魂不再挽留肉体
无名尘埃中
掉落的是无花果
还是罪过

118. 回忆中的裁缝

换上一件新衣
就走过了一片返青的林子
回忆也开始返青
在斑驳的头发中
露出星星点点
时间篱笆外的裁缝浮现出来

这些飞针走线的人
春风般的剪刀
将布料剪成春风满面的单衣
却误让不能冬眠的人穿上

每一片布都值得裁剪
裁缝用剪刀
给它们起了不同的名字
布料成为衣服
命运由裁缝决定

我的命也是如此
自从被剪成片以后
成为不太合体的模样

119. 一朵花就是一座寺庙

夜色全部变黑
可以只留下一朵花以及寺庙
独占无生无死
即使看不见
却知道就开在那里
保佑着众生

花开花谢
与寺庙中的灯火一样寂灭
被不眠的人所看见
你眼中如此
轮回是无法回避的因果

开花的声音你听不见
弧度和诵经的声音吻合
花开的亮度
与你失明的眼睛一致
被灼伤以后
就可以安全地逃脱

一朵花就是一座寺庙

也会倒塌

终将会重建

在非自然之路

终归可以看见的尽头

120. 沉默

千万不要告诉我

寻找沉默的方法

这是天机

生长在自我循环中

说出来就烟消云散了

拿出陈年的灯笼

来找沉默

这些火已经埋进石头很久了

埋进沸腾的群山的后裔

我用三十岁之前的力气开始打开它

现在我力气衰败

要独自享用它

沉默不是选择

至少不是我自己的选择

命中注定
或者比命更重的东西
只是提前埋伏在那里
用我的刀提前淬火

如此巨大的沉默
坚硬、隐忍及睿智
必须用西北风般的刀子
苦难中长大的刀子
一点点地削去外皮
才能最终到达核心

第三篇　泥土

121. 泥土

只有在泥土里
才能听到蚂蚁
带来的更多惊雷
卑微却亲切
亲人与亲人的交流
没到脚背的草
透过泥土
指尖轻轻与我相握

一群羊的眼睛让泥土清澈
动人的露珠悬挂于青草
反复咀嚼泥土的力量
羊世代就是这么咀嚼

没有一把刀子
能够从泥土这里
真正获得报酬
这里回应的都是穷人的声音
我先祖死在这里
我的祖父死在这里
我的父亲也死在这里

得有多少深情
才能挽回一块泥土
让泥土挽回
是一种更高的深情
我不敢慢待这片泥土
这是我死后首先要见到的人

122. 贴近

我试图贴近生活
贴近万物
柴米油盐的烟火气息
不知是谁在矫情
风动还是万物在动
万物在同时退去

我贴近群山
十万大山装入体内
让我稳重
也让我沉重

爱过的人不要重新去爱
那些羽毛不能再接
长出的羽毛

是另一个季节的新衣
贴近会把余温也带走

那生有薄薄双翅的蜜蜂
两张透明的飞行镜子
照亮更多的暗处
一双复眼可以看到更多的世象
更不要努力贴近
避免几次过失的蜇伤

123. 黑暗中伸出的手

黑暗中伸出一双手
满面狐疑
我不能确定
是否在老家的黑暗中
父母都已经睡着
院墙内锁住的植物
伸出枝叶斜逸的影子

祖父母安息很久
坟前不仅长青草
在早晨用来挂露珠
那双长在墓顶的矮松
黑褐色的泥土里伸出

隔着阴阳要和我握手

这双手来路不明
含意不清
是不是以前遗忘的自己
过山过水来找我
摒弃前嫌
搓掉原生家族树上的暗影
重新与我相握
合二为一

124. 群峰之上的静默

沿着大河而来
让水位下降到原来
出生时的样子
不能再干了
漫长的岁月已经风干了身子

没有什么是轮回一次
不能解决的
让砖瓦重归泥土
让字迹重新回到笔中
让狂欢回到寂灭之处
让梦想重新回去做梦

让万物重新变得空茫

我爬过的山
绊倒过的巨石
碾碎的露珠
都在两页草中
被轻轻合上

在群峰之上
应该静默
如果最后还能长出耳朵
这是最大的声音

125. 背影

一眼之间就远了
爬山虎悬挂在半空之中
山水都成为了往事
隔山隔水隔密林
隔了密密麻麻多少事
背影就是背影
存在了就拒绝再次复制

你的背影摇曳
附近的花草也为之一颤

露珠顿时明亮了三分
这是青春中最为美好之人
配得上享有舍利子
在原野上是星星点点的野花
夜晚就成为漫天的星辰

这些背影
让我冬日坐在火堆旁
表面上的空洞
灼热却不乏安慰

126. 漂泊在人间的陶罐

不知用多少亩的光明及泥土
火中之火
种植一只陶罐
只知道一扇门开了
将罪过释放出来
啼哭都是自身带来的挂件

在明月光下
喝豆汤的是你
浸透煎饼的也是你
用来留住流浪的庄稼
秋天一过就没了家

漂泊在人间的陶罐

难以相信

用如此容易倾覆的船舟

来横渡大江大海

这是唯一能够拿出手的自救

更像是用自己

与陶罐来一次轮盘赌

这只陶罐

在人群中被锁住的人

因为不同

众人垒墙阻住阳光

处于坚硬与易脆之间

处于生死的丝线之间

我一个人的力气

不知能不能护住它

127. 秋千上的生死

不易察觉

打谷场就被雀鸟衔空

让大雨和闪电望尘莫及

太快了

看不见秋千架被安装

就从高处荡到了低处
堂屋里的粮食被打扫
空位处可以摆放祭桌

这是一种什么样的弧度
缓慢但是坚决
如同一种失传的武功
杀人于无形
最美的人最敏感
步步惊心中变了颜色

蝉在唱着挽歌
速生速死
从秋千的一端滑下
还有一秒就到了下面的树梢

如此诛心
并不阻止人们劳动、作息及祭祀
在秋千的最高处喝酒
在最低处哭泣
擦着自己颜色变幻的旧鞋子

128. 敲门

离开这道门
茫然的空间就会疏远我们

出门的声音
不是进门的声音
恍惚是熟悉
还是陌生
处于二者之间
门前划上了等高线

割裂天空和四周的石头
曾经是我的神
如今只是守护自己
一院子的草木
这些还活着的力量
维持着无秩序生长

敲门之时
声音如同月光倾泻下来
屋内的年画是虎
一脸沧桑

这也好
最怕是敲门声响
石头也不回声
无声反敲我

129. 文字的故事

这里是文字的菜园子
文字到这里就成为
编辑们可以任意切割的青菜
以及删除的杂草
垃圾被骂咧咧地扔出

文字也有生命
也会互相倾轧
以文章的名义
将别人排挤出去
就可以占据那一期的版面

这些文字会装扮自己
油头粉面者会花言巧语
来自一位老前辈的修饰
蒙骗编辑放过自己
编辑们也知道被蒙骗
这是一项双向的生意

一篇小的文章
是大文章的尾声
自愿坠在下面
欺负善良的编辑

那些更老的人
也不愿意放弃文字
紧紧掐住文字的咽喉
如同最后用一把力
掐死自己

编辑部逐渐毁坏的桌子
并没有回到应去之处
曾经被纸堆所浸染
向着另外的方向
对这里发生的故事无动于衷

130. 河对岸

我知道河对岸
有一根木头可能适合
船的齿轮
与我契合
被过失丢失
被过错提前预设

在河的此岸
田野上曾经开遍无数的兰花花
一只鼠标无视一切

如同田鼠般忧惧
将粮食送回家

石头长在流水上
失去了语言
在浮浮沉沉中
我所供养的大青鱼
有水就可以复活
目睹了这一切

所有能去过的都去了
以文字的名义
穿着木鞋到对岸去
越过此岸就能发出绿叶

131. 等待划火柴的人

即使睡眼惺忪
一把斧头不会真的沉睡
在磨石旁响着霍霍的声音
一根木头在黑暗中
在等待一点磷
磷一样易燃的人
架上一捧运气的火

火柴内心已经睡醒

在等待划火柴的人

将它点燃

持续地燃烧

奔跑似的燃烧

没有点燃之前都是不发光的

用一只古朴的姿势

鸟在一秒之间就展翅高飞

天地玄黄之间

不知是鸟在飞

还是火在飞

132. 手指

只要是手指

不论是左手

还是右手

都是和心相连

这些船桨乘着心而来

这些手指跋山涉水而来

要救我们横渡沧海

这些孤独的手指向天指着

删光了冗词赘句的枝叶

把最能打动人的几节留了下来

这些手指
柔软只是与石头相比
坚硬的植物
与上天进行着光合
将我们从生活的狂流中打捞出来

与荣辱有关
与生死有关
抚摸着冰凉的石头
这些手指深知
耗尽多少热量
才能变成遮蔽身体的雪

133. 草生长中的生死

万物生
草在长
在一节节延续疼痛
草长一寸
我的骨节就断掉一寸

不同的叶子
叶脉不同

有的挥舞着卑微

有的挥舞着权势

我们不高于任何一株草

无论是否开花

都会被摘光

一场风暴就是一只手

活于无声

死于无声

在草的身上

腐朽的灰中隐约的蛇可见

阳光西沉

这真正的智者

一眼就在草中看到了灰迹

从生看到了死

134. 走钢丝的危险

譬如在山崖上骑马

让一个人在夜里

站在深井边

赏看梅花及美人

都是危险的事业

上升意味着坠落

这是双向的危险
将你驱离人群
让人群在下面围观
你摇摇晃晃地走着钢丝
危险的身长只要一寸

距离你的心脏一秒
你走的钢丝稍微有些倾斜
随后是漫天的杨絮
然后是漫天的钉子
一把草放进牛的嘴里
压住婴儿般舌头的啼哭
一个生命会牺牲
另外一个生命
以危险开始
以危险告终

135. 雪人

把一片雪立起来
让一片散乱的文字
组合起来
不需要逻辑
能够瞬间打动我们的
就是半人半神的声音

由风暴带来

放牧原野中的众生

雪人是风暴中难得的福音

是上天派来

化身为人的形状

试探我们

贫穷者的礼物

寒冷且无差异

纯白色的人形

无差别地手牵手

这种无差别的美

彗星一般

从黑色的天际降落

昙花落在夜色里

墨水滴到白纸上

这种高贵而庄严的事业

都是无差别的安慰

想象雪人的融化是值得的

就会安静下来

136. 回归的黄昏

一切都安静下来

雷霆消失在万里之外

星辰流回天空体内
羊群从人间返回山间
在我白发的云朵上
一张慈祥的巨手
轻轻地抚摸
如同多年前想象的抚摸

羊群比我更明白
所有的奔跑
只是为了思考
所有的逃离
都是为了回归

炊烟看不见衰老
潮湿的泥土到处听到在生根
庄稼就在村庄里生长
这种抚慰是内心破碎一地的声音

137. 循环

流水的齿轮循环在时间上
再迅疾的飞鸟
翅翼都是在时间内盘旋
沧海桑田都在循环

所有的脚印都将淹没在黑夜中
所有人都逐渐陷落于陷阱中
一个人的死亡是所有人的死亡
夜太黑
循环之力大到无法挽回

一切都是开始
一切都是结束
没有什么属于你

在循环之轮上
没有人永远站在那个点上
得到越多
失去越多
以何种方式得到
以何种方式失去

138. 梦中见门

墙不是出入的关口
门控制着进出
门将整个院落固定
夜里隔开地域
白日割开天空

梦是虚幻的翅膀
白日是锋利的剪刀
我们都是无奈的飞行者
巨大的手掌就是四至

那时还年轻
还不知一扇门就是一个人
一扇门永久关闭之后
五冬六夏都是
秋叶扑面
落雨纷纷

139. 孩子

在上天的库房里
我发现了一颗独一无二的种子
看不见的根须如同光线
比大河更长
一条大鱼在河流里撒下鱼卵
在我的命里游泳

你出现在我的庭院
我信仰中出现了奇迹
你的哭泣让整个世界都变暗
你的微笑让整个世界的花朵全都开了

流浪者沉默下来
最白的飞鸟落在夜色中
这是一种平衡之美
与家人团聚
是命中之命

一点光就让世界变得奢侈
不再让黑暗成为陷阱
星辰不会再落下来
我的奔跑不会盲目

在我疲倦时
你在我疲倦里长出绿叶
在我落叶时
你在我的落叶里长出青草

这是我来往的唯一一座桥
下面就是一座古老的房子
当我沉睡时
星辰不会沉睡
不再孤独
我的孩子在山的那边闪光

140. 坠落的声音

近在咫尺最易于视而不见
不知是谁设计的障眼阴谋
让人站在陡峭的悬崖上
山越高
脚与山顶岩石越是难以咬合
更易受到齿轮抛弃的风险
巅峰就是坠落
明知也难以挽回
速度越快
越听不到的石头的回音

看不见斧头在哪里
却能感受到冰的冷
铁的锐利
一点点削去外皮
再到骨头
包裹越多的衣裳
越会感觉到寒冷

老人是童年射出的箭镞
看不见持弓的人在何处
只是知道箭镞不能再返回
没有瞄准

为何最后能够听到
破碎的声音

只是不知道
骨头分解的声音
麦苗拔节的声音
曾经如此不谋而合

141. 夜归人

从哪里来
到哪里去
羞愧在血液中倒流
不再磨刀霍霍

山坡不再转动
土壤的速度缓慢
蝼蛄旁若无人
四肢伸展
身体平躺
任凭庄稼掩埋
无论无声的夜色还是钟声
黑夜流淌的最黑的水
都可以融化我

连最简陋的茅屋也不需要
只要是空间
就会被沾满草汁的气味充满

这里有黑发走到白发的转瞬之间
早晨的肌肉和晚上骨头的摩擦
并不光滑
锯木头的农村小厂近在咫尺
成堆的木板被分解
所幸最后还是认出了彼此

142. 头顶的地铁

在城市中最安静的灌木丛旁
这班地铁数秒间的陪伴
从我身体中呼啸而过
黑的山洞开始进风

对面零星的散步之人
比地铁缓慢
地铁般冰冷
谁也不知道曾彼此穿过
无人会关心对方的神态和言行
真正寒冷的人不知互相依偎
雪和雪之间没有温暖

无神论者开始变得迷信
一切源头来自
运动者找不到为何前行
如同这座地铁
明明是运动着
却不知为何运动

143. 选择

没人注意河中漂着孤独的灵魂
关心一条河的身世
河中的石子也是如此
河的归宿就是石子的归宿
从河中来
再到河中去

多少年就与大河水一起流浪
我的父母也是如此随波逐流
父母的宿命就是我的宿命
从父中来
到母中去

人在水中漂
选择浮浮沉沉

选择的是人
更是水
我携带着石子翻滚
可以获得原谅

144. 歧路

你看到一条路
这些看似实在的
却可能是最玄虚的哲学
有一百种预先设计
难以供应
话语的盛宴
被一条枝叶纷乱的藤曼
不断诱导
你看到的是一场狂欢
持刀的人隐于暗处
赶马车的人从远处逍遥而来
马拉着一车的苦役

一个人眼中的灯
代替不了另外一个人眼中的黑暗
一个人的道路
难以到达另一个人的悲欣

吝啬者毁于吝啬
暴怒者毁于暴怒
四周土地无声地陷落
看不见崩塌来源于自己
无论歧路千回百转
总是困住特定的人

145. 安慰

我在一整座山中寻求
尽管已经是冬天
太阳的面色残败
还可以回想一下
那专门为我而生的草
露珠一点点滴在上面

我在时限的前方
应当有光
在漫天的雪地中
即使是一只乌鸦
也不想让它飞走
任何一点色彩
都是一盏安慰的灯

线绳拨动风

风筝在天上欢呼

声音与手互相辉映

缰绳牵引着耕牛

这是宿命的搭配

无法逃脱

为何都无法摆脱

一个是梦境

一个是苦役

上天为所有人都准备好了餐食

命运为所有人都预先设定了拐角

最冷的暗夜必将到来

天性曾被埋葬

众人还是会依恋灯火

146. 不同

一个人从山下来

要到山上去

山岗凸起

让他与众不同

他顶着烈日的眼光

鞭子打在身上

白天用影子扶住自己

夜晚用魂灵扶住自己

同样的事物

会长出不同的脚趾

同样是鸟

飞行的方向不同

同样是骆驼

有的穿过针眼

有的穿过荆棘

有的为后代保存金钱

有的为后代保存种子

147. 半生缘

无论是一生还是半生

都是和大地的一个缘分

这种契约

在法律人的手印上根深蒂固

再难也要走完

半黄半绿的庄稼

只能接受一半的阳光

多余的也是浪费

如同青春一样

浪费的时候不知

人生是一场宴席
适合口味的永远在路上
在世俗的风口上
错进错出

马车上驾者越来越大
从远方来收拾一场浩劫
老年的监狱已经打扫完毕
谁会是劫后余生
在芦苇香气的顶端跳下
忏悔慢慢有了回声

148. 午夜来客

有人骑马而来
敲门是果实碎裂的声音
骑马的应该有无数
敲门时只剩下一个

午夜来客来意不明
在我家里反客为主
客厅里翻箱倒柜
暗室成为了明室
面目阴晴不定
是沉默还是在为我念经

不论来客的面目如何
都让我焦虑不已
在众人沉睡的时刻
他把我内心的钟声敲醒

黑暗是一个原因
光明乍现是结果
如果事实不明
可以求教一把刀子
有一个入口
却有无数个出口

149. 暂居

对于久住的人
房屋会变的越来越小
主人会搜罗可以搜罗的东西
填满这里
人却越变越空
双方逐渐互换了位置

我们的房子都不是买的
只是暂居
十年就是几分钟

一百年也是
命运簿摊开
那些钟摆会提醒我们

从旧笔筒里走出
从旧烟囱里升起
从旧巷子里飘过
我们已经享用过了时间
时间不是善类
也要来享用我们
把我们注入另外一个空杯
从一只手
换到另一只手

150. 恐慌

所有的事情来自大地的铺陈
恐慌来自安排了太多
就无法收拾
一地鸡毛般的浩劫

皮肤的褶皱
将此地与彼地的距离缩短
在夜晚互相抱的更紧
貌似在挣扎

这加剧了恐慌

此生与往生
就是等待一个神秘的客人敲门
已经有了预约
担心要来
却不知如何面对

一架钢琴摆在客厅的角落
我想后世的人也会恐慌
尘土上面的指纹清晰可见
谁在不停地使用
关上重新打开

151. 键盘

这是最直接的道路
可以一瞬千里
也是最弯曲的道路
弯曲如蝼蚁
藏于键盘之中
隐蔽在草丛的阴影
石头的缝隙被虚空按下
好似键盘打开
向外窥望之窗

键盘是一座废弃的工厂
制造多余的文字
荒废了土地
让庄稼荒芜入了稗草

只是沉溺于键盘
像是亡灵守护着它的黑骨
最危险也是最胆怯的动物
不敢当面亮出牙齿
就用键盘撕咬对方

十个指头依次排开
占领这座秩序混乱的山头
小喽啰可以成为大王
怯懦和勇敢乾坤转换
让懦夫成为勇士
勇士退避三舍

你对内心的猛虎亮出了牙齿
自己也将被咬伤
你想让键盘成为什么
自己将会变成什么
你想绑架键盘
就会被键盘绑架

152. 携带一只与众不同的竹篮

如同一个放养的孩子
竹篮生于竹林
篾匠又一次生出
这让它无论在人群
还是在竹子中
都格格不入

这并不妨碍
携带一只竹篮
在人间晃晃悠悠地打水
不仅做可为之事
也做无谓之事
不仅打捞合理
也打捞一些不合理
这世上总会有一些多余的事情
让竹篮去做

不仅要打捞野菜
最好能够淘出金币
也要打捞疾病
疾病低于死亡
能够将大多数事物降低
会让金币发出的色泽更加不同

153. 底限

如不打算为别人蒙难
可以掩面疾走
不可在沙子将要陷落之时
抽去更多的沙子

在一片新叶上
看到风走过的足迹
不要毁坏最后一片叶子
让风无路可走

不要用掩埋他人
做一次预演
代替掩埋自己

只要还有力气
星月死了
一只蚂蚁勉为其难再次拖起
就不要用脚踩这只蚂蚁

抱火者最易于死于火
怀抱光线者最容易失明
即使只有一根断指

也要紧握
护住这些火与光

154. 不能再老了

不能再老了
再老就没法感受
一只稚嫩蝴蝶的透明之翅
展合之间的重量
我的双臂也难以挽起

那些流亡在途的爱情
仿佛进入了一个陌生的城镇
我认识她们
却喊不出口
我的喉咙不会再引发一场火灾

上午的驴车送来一车青草
新橙的味道还没有完全消散
如果深呼吸
像窒息者到达海底一样
还能让我多活无数秒

不能再老了
我还有大片的尘土

需要去打扫
还需要一个人
不停地承受苦难

155. 露珠

用一双眼睛
就可以围看周遭
这么多的眼睛
镇压住喧哗
让万事万物不再躁动

寺庙的和尚比我们知道
用露珠过滤时间
更早地打一口井
用它来堵住风口

如同一只看门的老狗
沉默者隐藏着更多的风险
和露珠是本质相同的两种方式
不同的是
一个是用牙齿
一个是用舌头

这些语言

黎明即起的露珠

只会停留在牵牛花的表面

下面就住着一季的昆虫邻居

如同歌曲

因为短暂而明亮

156. 唤醒

一切都还不晚

如同重新修缮墓碑

给无名者重新安上名字

沉睡已久

没有唤醒

就难以在沉睡中生还

把酒重新装入酒杯

把人面重新交给桃花

把星交给云

组成星云

如果一切都在隐身

日上三竿之时

唤醒就是一种赎罪

唤醒铁重要

唤醒煤重要

唤醒火重要
更为重要的是唤醒自己
让火点燃煤
并让铁持续锋利地燃烧

157. 在时间中与文字相遇

譬如肉体遇到灵魂
相遇都有代价
煤把煤烧黑
风把风吹走
眩晕是片刻的欢愉
我们抽打着陀螺
自己抽打自己

一棵树长在地上
一只笔插在笔筒里
相遇时难以预测
哪一个枝繁叶茂
哪一个无声无息

想象一根松针
与一根时针相遇
一个是松林里的霸主
一个是宇宙的霸主

当锋利遇到更锋利
一阵大风
把小针卷入大针中

158. 深夜的垂钓者

垂钓者夜色四合之时返回了
如同黑色的驴车来装载庄稼
人世已经足够光滑
就不要把屋脊修的太过陡峭
屋顶以上不属于凡人的地方
不需要再设防
应当为垂钓者留一个
垂钓的地方

悲观者意识到
黑夜可能意味着一场杀戮
那么多能动的形体
被齐刷刷放倒
垂钓者走入夜色的房屋之中
对于已经醒来的不再关注
他只是掀开被子
以自己做饵
将半睡半醒的幸存者钓起来

159. 童年的灯笼

柿子快要腐败之时
悲欣开始慢慢转移
带着余光、余温
及陡峭之地的庙宇
提起一盏童年的灯笼

灯笼打开
将漫天的茅草中
掩盖的落日放出
倒行回到日出之地

这些灯笼重新放回到河流中
欣喜不能逆流
同样的灯笼面目全非
与我已经不能相认

寺院里的僧侣提着灯笼出山
重新回到当年的留发之处
如果能够重来
挑战轮回
灯笼还会以同样的角度
再照一次

160. 种植在身边的葡萄藤

这些葡萄藤九曲八折
虬节突出
让我知道它是多么努力
爬过阴影地面
是多么努力
为下面的根
多找一个出口

一些新生的芽叶
挤压着我
叶片喧哗
炫耀地生长
我不怪天性

所有的向上都是弯曲的
一节一节的想法
这就是代价
将自己悬空
本身就在冒险

这些老家的骨节
我不敢深摸
手会深陷于一场风暴

多像多年后的一次预演

我的房屋将消失
只剩下土质的围墙和一道门
有时我甚至怀疑自己
多少年弯曲生长后
就是为了走进这道狭窄的门

161. 盛大的秋天

盛大的秋天降临
黄金与青铜铺满原野
野草与庄稼一起生长
种庄稼的人手持迟钝的镰刀来了
所有的道路都挤满
喧嚣的树叶声中
我成了一座坡度难行的山丘
没法收割
也不方便被收割

如此繁华
众人都端起酒杯
树木也变成了筷子
驾着风的马车
夹起中空的玉米杆

即将腐烂的草莓

开始狂欢

只是我不是一个饮酒人

在这个盛大的秋天

那些麻雀邻居只是会搬弄口舌

箴言太重

我的手发灰

月光发白

两只手在一起

也无法在秋天收获最后一株庄稼

我要一个人到远方去

162. 远去的耕牛

那些年山坡和缓

世界还没有那么陡峭

金银花开成山羊的脚爪

蚂蚁的梦想并不高远

都住在青草的腰上

那些年祖父的犁铧锃亮

众多茂盛的生命

并未四周塌陷

土地比耕牛柔软

仰望鸟翅搭建起的椭圆屋脊

阳光一点点过滤着我的空虚

这些空虚

比盛夏水果成熟的味道更加坚实

比霜走过几遍的坚果结实

只是我的牙齿已经衰败

土地不再柔软

耕牛也无法在时光中自由蹚动身子

163. 河流与浮木

要走就要沿着河流走

那里阳光盛大

河流可以将自己

无限延长

无数个暗流

就有无数个可能

河里有浮木

浮沉的姿势

多像多年失散的自己

至少也是兄弟

我踏着一根浮木而来

命运中缺水
水太多就是流放
让我逆水行舟

不要有更多的期待
踏过多少条浮木
同样都是漂浮
走过多少条河流
也是同一条
河流不是障碍
此岸到彼岸才是

164. 日出印象

我知道太阳就在神灵打造的幕布之下
太阳知道我在世相溅起的尘土之中
我与太阳相对而坐
都知道彼此的存在
那一刻我们碰见了彼此
那一刻万物屏住呼吸
旷野下降
山峰下降
太阳在我的体内徐徐上升

发光者骑着使命而来

照亮我身体最僵硬的部位
内心的暗黑部分开始变暖
战栗通过树冠传递

太阳是至纯之水
从高处流向低处的褶皱
即使是坎坷不平
也是神灵专门为我预留
接收发光之处

165. 往事中的蓝光点

往事的繁星
淹没在疲惫的眼睛中
巨大的黑色空空
打捞需要跨过
一条雾气弥漫的河流
只有数点蓝光还偶尔闪现

你打着一把小小的伞
在黄昏中
外面一片正在下雨的昏暗
这座堡垒及上空三寸之处
都在闪光
小巷的河流上空

一朵醒着的睡莲也在闪光

我睁开自己的蓝眼睛
或许是我的双眼
让天空变得更蓝
开于九月的蓝花花
也是我让她变得淡蓝并闪光

166. 伤痕

那么多年就在伤痕的威胁之下奔跑
这无形的绳索
系着有形的人
及无形的人
那携带河流上游的人
那站在高处的人
隐藏在光线眩晕中
举起刀子更无法拒绝

那么多年我就站在伤痕之上
如履薄冰
努力让内心的喧哗中止
让眼光在群山之上静默

一个人奔跑多久

才能跑过马车

一个人奔跑多久

才能在受伤的花朵之上

在新土的坟墓之上

建造一座自己祈祷的庄园

在刀子造成伤口之时

伤痕就成为铁所走过的脚印

如果不能合二为一

就要永远挣脱彼此

167. 母校中学的敲钟人及钟声

千里之外

小城中学的钟声敲响了

沉睡的人

从中年的惺忪中醒来

沿着声音原路返回

多少年就这样

敲钟人不紧不慢地敲着

像极了三里路开外的庄稼

在阳光下轮回

无生无死

这座钟

读书时听说来源于一枚炮弹

催促着上课

透露出一丝不安的杀机

它的根后来被泄露

泥土里显示出

一个破旧的煤气罐被锯成两段

死的一半不知在哪里腐朽

活的一半成了自己

168. 对牛弹琴

这不是对牛弹琴的时候了

高山只是牛吃草的地方

流水能够让牛喝饱

除此以外

就是对牛的智商的挑战

牛会用犄角

以各种角度挑战你

不喝到脏水

不死不休

对牛弹琴

类似于对一群牛谈论古诗词

草深了会淹没鼻子

草浅了会太过浅白
不能开怀畅饮青草

对牛弹琴
就是让自己悬挂在牛角之上
不懂琴音的牛不可怕
懂琴音的牛不可怕
最可怕的是
不懂装懂的牛
用牛的思维
掀起一群牛虻的风暴

不要对牛弹琴
牛是无辜的
琴也是无辜的
有罪的是弹琴的人

169. 吃鱼的人

会吃鱼的人
不吃全鱼
如同我们写文字的人
也要留下一半给别人咀嚼

有人对鱼有着天生的爱

不仅爱部分

还爱全身

鱼刺也要吞下

以一种嗜吃的形式

嗜吃者不是养鱼人

也不是渡水人

就难以上岸

别人都在梳理羽毛

他在剔除喉咙的鱼刺

别人都在游水

因吞下太多超重

他在溺水

170. 不要挡住一个自然而死的人

不要试图阻止流水

这其实是干预了鱼的自由

不要阻止伤口

没有舔舐伤口

就不容易安然入睡

一滴雨点在沙漠

绝地生还

魂灵跌出干涸的枯井

都是自然之事

不要拦住光圈降落在山地之巅

阳光倾斜

这最后的虚无

正好让老去的人有所依靠

不要挡住一个自然而死的人

灰是合乎情理的腐朽

烛光在他身上燃尽了最后一段

再高一节就接近了

神灵的后院

171. 寻找冬夜寒林中的一只猫

我用一个冬夜找一只猫

却不是警察丢失了他的枪

一位隐士的手链坠落

与这种声音相差迥异

这也不是蚂蚁搬运粮食

只要是尸体就夹杂仇恨和忧伤

树上的猫头鹰开始找火

树影斑驳里激起了老虎

这只猫居于中间

既不感觉到威胁

又不能让人轻视

这只猫祖上属于上等门第
如今占尽寒林
既不高贵
也不卑微

深夜将它放大无数倍
这只猫一纵通过我的身体
天边数点寒星升起

172. 建造寺院

每日其实都是在修行
在建造寺院
让木鱼缓慢而有节奏的敲击
不会模仿沙漏
无声无息消逝
阻止美人进入这座寺院
不想看到镜子在面前变得破碎

寺院外的露珠挂在草的手上
不忍握住
一只蚂蚁
开着时光隧道的火车

秋天里发出震耳欲聋的声音

对于那些纵身一跃的昙花
以及芳香短暂的彗星
迅捷而有力的美
不能长久对视
否则很快角色就发生了对换

一些赎罪
可以当作错进错出的美
不过是没有选对地方
就跌入了深渊

173. 闪电

我看见闪电赶着黑色的马
昆虫用触须的鞭子驾车
所有的巨大事物都已经偃伏
只有闪电才能遇到这种苍白的面孔
蜉蝣是天地之间短暂的遨游者
闪电同样也不会遗忘

一些油灯将要熄灭
一些油脂还在燃灯
总有一些油灯处于半熄半亮之中

闪电专程赶来延续香火

这一世的潦倒者
这么多坎坷的路面
需要多大的闪电
才能——照平

应当预留一束闪电
能够照亮一生悲欣的闪电
看清一只襁褓是如何
蹒跚走进了棺材

174. 两面

一把刀
不管在谁手里
锋刃没有什么两样
可以杀人
也可以救人

手掌也是如此
可以让人疼痛
也可以带来抚慰
是月光的抚摸
也是闪电当头劈下

那烟雾缭绕的寺院
不管被建造在哪里
可以保佑众生
也可以隐藏贼人
雪花扑面
最纯白的形式
用最凛冽的内容展现

我的身体也处于两面之间
一半是黑夜
一半是白日
边界粘稠且模糊
我还是用最厚重的一面
用刀．手掌及寺庙
把它们努力分开

175. 空门

空门
只有看得见的人
才能看见
大小高低尺寸属于量身定做

只要念头浮动

就开始下雪

六月天也是如此

雪的含义并不寒冷

你的双脚踏入空门就成了木头脚

人间不再生根

雪越下越大

最后就不再是雪

万物化为白神

将颜色拒之门外

远山变得空茫

这些门的上方玄妙

可以直接星汉

下达黄泉

让尘世之水下降

内心的青绿逐渐变干

只是因为矮了几寸

一切都完全不同

彼处是围绕着火柱在舞蹈

此处是分列空门两旁在诵经

176. 从动物园逃走的第三只豹子

一只豹子在离死三年前

梦见了自由

鬃毛在辽阔中掀起的风声
让它不再安于天命

如同羚羊忘记了它的角
山野已经将这只豹子遗忘
它仍然为山野保留着利爪
能够倾听怒吼的耳朵

没有人知道它的去意
不知是在寻生
还是在寻死
不知是找山川升高自己
还是找土掩埋自己

这只豹子以宿命的速度逃走
如同肌肉在找它的骨
身子在寻找它的灵
如果合二为一
就有了一去不复返的勇气

从出走的那一刻
这只豹子就背叛了族群
或者说族群背叛了自己
不能做一个美丽的生者
就做一个美丽的死者

177. 耳朵是如何丧失的

大河水有耳朵
后来绕道体内
颤栗就无足挂齿
大山口有耳朵
与井口相连后
耳朵就忽然失去了神通

那些幻听者有耳朵
有人和他们之间
相隔一个沧海
一只木鞋漂浮横渡
在上面忘记了自己的脚

能够听到的人
将耳朵藏于冬眠
失眠者无法金蝉脱壳
睡眠就成为代价

一只嘴巴在人群中漂流
大风摇晃着他的薄木房子
耳朵是如何丧失的
语言就是如何丧失的

178. 丢失者

只有丢失了
才是亲人
才值得全世界寻找
在水波之下
钻木取火
整个森林不够一把木炭

水上的门被推开
一道是生门
一道是死门
那么多的水
足够眼泪痛哭一场
在岸边种桃
水多了就是灾难

你假想的生是死
绝望是死
希望也是死
用屏幕遮住
自己杀死自己
再寻找复活术

只是知道丢失了

不知道丢失到了哪里
丢失者和寻找者都不知道
彼此都在余生寻找

179. 大风的隐喻

从一只云雀翅尖上发轫
老人枯寂的拐杖暗地成灰
无声无息吹着的
是真正的大风
没有想到最后长成如此的巨人
那漫天的大风逐渐坠落下来
以肉眼不能细察的弧度
彻天彻地
复制天空也复制大地
远看好像来自幻想的尘世

这些大风
不管千里万里
寻找一些似曾相识的枯树叶脉
折叠起来
如同将死亡折叠
作为无数人的丧床

这些大风的巨匠

塑造楼兰

也塑造沙子

真正大的风难以逆风而行

将我塑造成什么

就是什么

只有变成无限微小

才能保全自己

180. 宽恕

月光打在石头上

星星之火从过去一直到天上

无关乎墓碑上的字数

而是与字的清晰有关

那没有字的石头

让无字者愁肠百结

我来成全他们

夜鸟归巢

就是彻底清算之时

完整的旅程就是

没有一个遗留下来

月光这大国的装殓师

用比针尖还细小的脚

——细数阳光下的罪与错

那满面繁花者
摘叶伤害了自己
那骑马归来者
不小心误伤了地上的蚂蚁
那犯过杀生戒律的僧侣
命让他们成为了和尚
任命时钟作为监斩官
按图索骥进行宽恕

等到宽恕了所有人
不能漏了一个
就是宽恕了自己

第四篇　安静

181. 安静

露珠坠落

占据着所有清晨的领地

一滴一滴表演水滴石穿

只是无法洞穿一片野荆叶

群山是巨大的栅栏

将所有的安静包围起来

或者是将安静的水

聚成一片更大的水

鸟在山谷中扔下一块石子

石头之间的寂静

溅起清脆的碎石

我怕自己的安静

惊飞一群鸟

如此安静

如同阳光混合土埋葬的声音

多少年前就告诉我

一切安静的降临需要耐心

如此安静

仿佛雪山刚经历过一次雪崩
一根伤残的手指
响亮地敲响了神灵的大门

182. 有情和无情

苍天在上
大地在下
我中间的山顶下着大雪

有情在左
无情在右
我是那个左右摇摆的渡河人

没有完全纯情的雨水
我头顶过雨的面积
因季节而不同

月亮就是如此
笼罩在神灵的光辉下
恍惚又是阴影
既有情
又无情
距我一手之隔
拒我万里之外

那失去爱情的男子
多像月光下种植的植物囚徒
似曾相识
冷光还在周身遥远地抚摸
只是缺少了一架向上的梯子
183. 在河边
最先到达河边的
不是钓鱼者
而是被钓的人
对于逃跑者
多年的大风仍然不息地吹着
很难找到船只偷渡
紧邻河岸唯一青绿的是
多年前曾被用过的芦苇

满脸疲惫的先人们
仿佛从雾中跋涉而来
干渴的人毁于耳朵
听水的人聋于水
河里沉浮的是无数会水的人
我代替他们再一次轮回

这条河流已经过大
不足以包容一只蚂蚁
水中摆好的石桌子
选手已经齐聚

河边有一把椅子
应当坐下的不停踱步
不应当坐下的依靠树木扎根
在河边没有逻辑
有的只是滔滔不绝的大河水

184. 谁在深夜喊我的名字

谁在深夜喊我的名字
一定存在着一个隐身人
在屋脊上登高一呼
炉灶中的青草灰
忽然亮了起来
再冷寂的光
眼睛找到了都会发热

喊名字的人来意不明
不知是警醒
还是推开夜色
让和我一样的人
认出我
一枚小到针尖的声音
不再孤独地活

得用多长多坎坷的一生
让隐藏在体内的灯
与自己相见
让暗哑的声音
与我的名字相认
而我已经是一个无名人

185. 采石与雕石

我是一个采石者
也是一个雕石者
无论是采石
还是雕石
同时也是被采
被雕刻
让石头中的人出来
与自己相认

面对的石头没有区别
一种用无声压住有声的坚硬存在
石头对面的人也没有区别
神灵降临下的柔软肉体
石头的反义词
只是工具给予了不同的力量
在雕刻石头时

我有工具
在采石时
我自己就是工具

我在开采石头之时
石头的棱角就是天然的伤
无须消除
这是另外一种名字
到老也无法磨平
在无数石头中
也可以辨认出来

我现在成为雕刻者
打磨掉多余的棱角
忽然感觉我也多余

186. 行走

出生即被遗弃
向着浩渺的虚无行走
向着无尽的界限行走
与另外一个自己会合

树木那样的行走
抓着自己的脚

不惜让脚下的土地形成裂缝

土是家

也是埋葬

手持着用自己做成的火把行走

骨头为把

肉体为油脂

燃烧一次就少一次

燃烧一次就小小的死一次

每走一步

都是向生求死

或者是向死求生

人在世上行走

不是木腿人

也不是木心人

应用自己的心

走自己的脚

187. 生而为人不易

如同一句话到了最后

力气就到了尾音

每次阵痛之后

人都是无力的结果
从开始就要行走
或者奔跑
即使无论快慢
都会被追上
手持镰刀者不会忘记
这漫天下的草芥

对于深入地下的草根
羊也不会忘记
羊不是无辜的
如果遇到火
也会和草根相拥
痛哭一场

一个人的死亡
就是一群人的死亡
生而为人不易
冥冥之中
有人自出生就被钉在案板上
却不知敲打钉子的人在何处

188. 冬日的喜鹊

必须用复眼观看
这些将自己作为玩具的喜鹊

在半空中斜飞
玩着小小的齿轮
让脚下的土地
钉住了脚下的人

冬天都被打扫过了
如同被月光打扫过的山村石板路面
这些喜鹊在矮小的草丛中寻找
像是人一样
有意识地
在无意识之中

这些黑白相间的喜鹊
一半是黑夜
一半是光明
在冬天最盛大的时节
雪已经淹没到了山石的膝盖
白色已经淹没了黑色的胸口
这些喜鹊
在报喜的同时
我看到了它们在流泪

189. 穿越峡谷

穿越峡谷
经历落日在峡谷燃烧成灰

多少个落日其实都是一个
都是在炉边打盹
见过了无数的荣枯
阅人无数
将无数人送往黄昏

蚂蚁在结队行军
如同机车拖动
整个峡谷的岩石、黄草及落日
一只接着一只
触须紧挽着触须
在它们的双眼中
看到了我一人

羊是神灵般的存在
不是野兽保护着这片山谷
而是羊让这里更加温暖
只是没有看见牧羊人

远处的一棵孤独的树木
叶子纷纷
在叫着我的名字
如果有欲望
就还会挣扎

190. 深夜响起的玻璃

一场风暴的上游是一粒沙子
每一粒沙子都埋藏着天机
火让这些天机重见天日
成为一块玻璃

没有一块玻璃永远
不会产生裂纹
带着使命而来
诅咒与祝福之间
厚度不超过一块玻璃
凝神这块完整的透明
步步惊心
唯恐这块玻璃变成了破碎的自己

黑夜使得盲上加盲
这些透明的玻璃
接近于昙花雾的外套
在深夜中手持透明前行
破碎是一种可以替代的火
破碎的声音悲欣交集
最近的旁观者丧失了知觉
除了位于玻璃中心的人

191. 雾中人

雾中人满面疲惫
飘落着几个世纪的雨水
猛然间出现的人群
前后不绝
并不能惊吓到我
每一列都和我的祖先似曾相识

只因都在雾中
没有觉得自己是雾中人
都在同时弹着比雾更虚无的棉花
不是一人
陷落于单调而不愿意自拔

只因距离无法掌握
痛苦就无法在比较中产生
从门里到门外
雾气的距离咫尺天涯
无法代替彼此呼救

从雾中到雾外
被阳光真正灼伤的能有几人
如果让雾气困住的人看到
没有人是无辜的牺牲品

192. 荒芜山野中寺院的钟声

在木头成灰之时
在雪人崩塌之后
一静一动的循环
钟声响起

在荒芜的山野
钟声就是放牧人
放牧着四方
被寂静统治的国度
这是生机
却不是人的生机

每个人都有一座钟
有的人打开门
让敲钟人进来
有的人沉睡
如钟声一样冬眠
还有人不惧风雨
让钟声如同蚂蚁啃噬般锈蚀
纵身一跃
成为破钟

一阵钟声就是一扇门
僧侣在里面敲着自己
正午过后的阳光比脚步还懒散
敲钟人能够看清钟声的纹路
进来的终将进来
远行的终将远行

193. 恋家的人

这么大的旷野
也不足以让家里的一块粗布收留
在家中灯光照耀不到的地方流亡
恋家的人都是迷途者
他的地图就是他的脚

恋家的人
无非就是在家门
和空门之间徘徊
找一个世纪以前遗忘的箴言
如同文物一样
只是发光并不值钱

一竿子打倒的人
将恋家作为一种救赎
所有可以依靠的

都种植在天上
必须为自己剪枝
将头发细心修理成鸟巢

在生时
我用双眼临摹与家相似的一切
蘸一点浸满月光的缸里的清水
和能够背负的长翅膀的鸟
为死时准备一个家

194. 一个人的江湖

一个人的江湖
在雾中
将不相干的人屏蔽
世界有了新的功能

在江湖中飘飘荡荡
去救自己的剑
少年时捡拾的一粒星火锻造
现在所托非人

将古人的义气穿在身上
温热现在的雪
雪泥鸿爪

能够想象
没有一次闪电能够接受委托
完成变形

用最喜爱的笔
在纸上画成四面的城墙
劳作、饮食及祭祀
腾空里面的王和大臣
一个人演绎快意恩仇
只关注后世的死活

195. 风雪小站

一列火车将一个黄昏拉来
这座小站就成为风雪黄昏的城
一群人攻进去
一群人冲出来

比道路更加泥泞
这座风雪小站
沾满了土与雪的污渍
一定有雪误入
如同一人被车祸击中
猝不及防的一声惊呼
被火车带到没有预订车票的地方

一日等于百年
被风雪围困的小站
完全压制住人声
火车是人造出来用以跑赢时间
结果完败于漫天的飞雪

这座风雪小站
结束了一些人的旅程
又开始了一些人的旅程
卸下了一些包裹
点亮了路边的路灯

196. 树桩

只有树桩
在刀斧的阴影中
才能防止一片土地死亡后的彻底荒芜
标记一棵树曾经从这里路过

这个树桩随着星辰转动过无数次
砍倒这棵树木
就是砍倒无数清晨的露珠
无数天日的炙热阳光
只是做了替换

用这棵树的命
防止我们成为树桩

这个树桩的前身
曾经举起多少白与黑
这个无辜的伤口
被过失伤害
无罪却代替我们赎罪

现世中这个树桩孤独地站在那里
只有了解的枝叶
以及正午投下的日光
知道它不会腐烂

没有被正式宣布死亡前
这个树桩自己宣布自己
还在活着
所有可死可生的
都适合来保存时间

197. 上坟

没有一次寒霜
白白走过道路
道路知道

寒霜也知道

寒霜走过的道路尽头就是坟墓
乌鸦和童声都被压住
对于一些禁忌
没有人会大声

这些坟墓
火已经熄灭的炉子
闪电在打火石上敲击了数次
空空的炉筒没有苏醒

在这些坟墓上面
祖先的规定
种植松树、蒿草和迎春
为了引来蚱蜢
无人时将坟墓移动寸许
种植种子
是在寒霜的墓前
带来一些烟火

198. 生而有翼

我们都是携带翅翼下凡
如同闪电带着它的光

身体带着它的灵

我们不是闪电
能够给自己镀光
只是在人群中漆黑地走着
谈论着火光中的沉睡者
如何从一个炉口
到达另一个炉口

我们栖息在苹果树上
一个苹果落下来
砸中了树下的人
就丧失了飞行

我们生而有雪
一边渴望
一边用脚亲自弄脏
我们生而有翼
远看好似暗伤

只有一些鸟
在无数个世纪的雪原上飞
那只是鸟群中惊飞的人

199. 来不及哭泣

总是在坠落后
我们才想起应当回顾
雨是如何一滴一滴
从小滴到老的

肉体也是如此
只有疾病临头
才知道去寻找它的骨
雪人只有在坍塌之时
才想起支撑的根

我一直模仿一粒沙子
在梦想着它的沙地
一直在摸着石头
寻找河流
被河流遗弃的孩子
被倾盆大雨浇湿的孩子
一直到我的亲人面目全非

时间如此迅猛
如同灾难迅雷不及掩耳
没法多出一天去爱
让我来不及哭泣

200. 棉花

一想起棉花冬天就开花了
蝴蝶也是如此
如果蝴蝶在冬天飞来
那就不是蝴蝶
而是转世为人赎罪的灵

无论是蚜虫还是瓢虫
在棉花上留下足迹
都不能说是恶意
这世界允许不同的种类路过

棉花以最简单的身姿
填补最大的空白
以最小的身材
为人买火
不同于砍倒一棵树
就可以将其中储存的火
带出来燃烧
治疗缺火的病症

没有人可以完全避免阴影
除非成为阴影本身

至柔又至刚的棉花

如果等不到阳光

就等一根火柴

201. 黑夜将至

黑夜将至

我睁大眼睛凝视

拒绝与黑夜那么早相认

不想自己那么早成为黑夜

我用眼睛努力照亮

让薄暮退后一些

如同用眼睛观看山顶

让雪空悬

春天多来几天

还是无可避免

如此众多的黑暗

穿墙越户

失忆者忽然苏醒

旧事物飘过大河水

很难分清

哪些是假象

哪些是浮木

如同墨水掉到清水

没人不被渗透

一点点变黑

一点点消失

将一生的波折、苦难

放入劫数的火炉中

让微光对抗巨大的黑

202. 人间

光在大地上摆开盛宴

肉体盛开

比鲜花更为新鲜

露水不想坠落

挥镰者不忍采摘

河水清浅

能够看见鹅卵石的骨头

头顶光线的女子涉水而来

发梢挥舞

远看不知是歌曲在走

还是青春在走

劳碌奔波的人

仍然在劳碌
一生坎坷的人
在翻越着自己的坎坷
将死的人还在祈祷
炊烟温暖
仍在房顶三丈之处挽留
人间如此美好
我们舍不得去死

203. 无能为力

没有一种感觉
能让我在垂直的阳光下
爬出光滑的无边的井
任何一种呼唤
只是在体内卷起
一阵小小的龙卷风
让我无能为力

生长了几万年的蕨
只能以身形平衡自己
以一种无奈的慈祥
能够体会我微妙的痛苦
无法带我在古老的森林里同游

阳光照到的
无法照到的
只是影子是否掩藏的区别
都知道光源所在
咫尺千里
却无法靠近

光指了指我
又指了船的残骸
一群一望无际的人
裂缝已经不能承载巨大的风险
没有目标的前方就是在探险
却无能为力

204. 木腿人

每一声呼喊
都带动体内的斧子
钉子敲在木腿上
心受到了撞击

日日都在冲撞
日日都在监禁
并被短暂释放
虚假已经成为事实

每一次替换的努力

都是在欺骗自己

不知是不是能够适应行走

多少年就是靠着这双木腿

在人间摇摆

不再是树

没有根

就无法生出枝条

无法选择长出什么果子

行走在与心的互搏中

每一次行走

都是麻醉自己

无水分的木腿每次留下的痕迹

都不是自己的痕迹

205. 为什么熟悉的旧物让我泪流满面

不用老人指出

我还幼稚

不会对这些熟悉的旧物

面无表情

那个比我还要古老的风箱

与炊烟一起衰老的小房子
火不会忘记
它将火储存
又将火放出

风灯不会忘记
手提的光明照亮四野
无论放在谁的手里
谁就是那个光圈所及的王

那个青石墙老了
那座篱笆倒了
槐树的惺忪叶子
悬挂着昨夜不愿坠落的露珠
为什么熟悉的事物里埋藏着惊雷
为什么天没下雨
我会满脸雨水

206. 那时

那时没有时间
睡醒了就是早晨
睫毛自然关闭
我和家禽同时栖息

那时夏天并不炎热
松树下光阴随意洒下
一群蚂蚁一天
只能滚动一粒粮食
一只野兔一生
只是守住一个山谷

仰面躺在苹果树下
不管苹果是否落下
不会惊醒树下惬意的灵魂
背靠着一条大河
河水透明
河边的鹅卵石可以晾晒衣服
也可以晾晒我的骨

斧头还没有在我身上雕刻
也不忍心在一扇木门上
留下过多人的痕迹
不论是否有人
风让门关了又开
开了又关

207. 那些年的春节

那些年春节的风灯
光线有限

只能照亮有限的人
照亮我们的清贫
我们的清贫貌似家人

那些年的春节应有雪
高悬的冰冷雨水打在地上
那是雪
一年只有春节允许雪温柔一次
覆盖麦子
也覆盖泥土
让大地变得像个圣人

雪人不再寒冷
怔怔地看着一天的爆竹
太阳下能够听见它们骨骼断裂的声音
雪中野兔一样喜悦地奔跑
在一年最顶峰的时刻
我的双脚如果不能脱离废墟
就是一个逃难人

208.中年与自己相遇

在中年与自己相遇
猝不及防
仿佛遇到了多年前伤害自己的人

那被寒霜浸透的
不是多年前一直盘旋在耳际的寒鸦
那让我们遭受烟熏火燎的
不是雨天灶台潮湿的草
我们自己设置了多个陷阱
然后又无奈突围
我们挖掘了运河
让自己没法横渡
我们拆下了房顶
反复被太阳炙烤
我们悬挂起灵魂
吊死了自己

在浊流中漂流
我们的体内泥沙俱下
没有水可以污染中年的肉体
是我们污染了水的真身

风把我们的魂吹回家
破布衫在故乡的树上抖动

209. 这一年的春节

这一年的春节
不下雪

不见朝圣的信徒
不见被朝圣的人
冬天很瘦
褪去了毛发
似曾相识却面目全非
不像冬天

远方的人没有归乡
也没有在路上
在家的人不用再期盼
用松木烤火的人
用尽了一生的松木
老屋子没有了烟气
鞭炮声遗留在多年前
春节比冬天清冷

被大疫包围的众人
掩面匆匆而走
仿佛难以接受询问
谁把春节偷走
只剩下劫后余生的人

210. 经过冬天的草

这些冬天的草
如此沉默

忘记了自己如何葳蕤生长
生命是如此喧哗
鼓励我们

我也忘记了自己是冬天的草
或者是漂浮在天空的羽毛
不过荣枯有限
没了根

站在这样的草中
群山的栅栏离我很远
山顶离我更远
没有多久
就会随着草荒凉起来

风不断地翻动着草
一根细长的手指翻阅我
瘦削而稀疏
仿佛在找一朵偶然飘过的梅花

这些草依偎在一起
用自己的语言交谈
不管迟疑的我

211. 冬天的老家

不要在老年时遥望少年
不要在这个时候看老家
失火后的灰烬
瘦山瘦水的冬天
风吹走了西山以西的旧时光
牛拖走了那间老房子
只有经过我
才被留了下来

这艘斑驳的船
抛锚在浅滩
祖父．父亲都落入水草的阴影里
我不忍独自上岸
我的后代想必也会如此

举着空杯向着小店
里面的庄稼已经收割了几茬
这么多苍白的石头房子
不像是曾经种植过葡萄
没法酿酒
不知能否为我倒满杯子

一扇门关上后

就成为另一个自然的葫芦

风中左右摇荡的钟摆

在结它自己的果

212. 对峙

得赶马车多久才会从缰绳中解脱出来

苦役是一种先天的疾病

所有的束缚与被束缚都是一体

束缚者就是被束缚者

互相绑架

互相支付赎金

却无法直接购买

这是一场持久的决斗

对峙的人就紧挨着空悬的窗户

那眼睛建造的火炉

冷冷地盯着我

我知道这是一场火灾的赎罪

只有将我纳入那空空的炉膛

才能重新换回自己

其实这也是一种假象

火炉燃烧我

与燃烧其他人没有什么不同

我不是其他人
无法凝视其他人的对峙
只是陷于一个苹果
和一个时钟之间
腐败就是香气的一种高级形式
对峙不是我想要的
也不是我想要感觉到的
只能是怀疑所结出的籽

213. 经过苹果园

经过苹果园
我的手曾经接过
饱满圆润的苹果
嘴唇接过
另外一个饱满圆润的苹果

多年前的大雨今天停了
野鸭飞过雾气的河流
树叶将阳光筛过
天空很小
世界更小
气味斑驳
那个吻似乎很遥远
金属的色泽坠落在地上

晨露新鲜
返照着一天的星辰
飞蛾在日光中舞蹈
好似年轻的梦游
远看是飞行的小小的火

枝干老了
已经承载不起一片羽毛
苹果树逐渐倾斜
所有的等待
似乎都是听苹果落地的声音

214. 打灯笼的人

太阳将要落下
还在造它的城
落日下火一样的城
最后的照耀是将光传递给
打灯笼的人

这只灯笼得用多大的心力
才能扶住内部的风雨飘摇
外面的狂风大作
它和世界只是隔着一层薄的纸

它用光写字
让看到的人认识自己

光再小
也是黑暗的中心
四周围绕它而建
失去它而毁
用手掌那么大的支架
努力支起黑夜的眼睑

远方的人知道
必定有一个打灯笼的人
必定有一个是他的亲人
即使声音微弱
每一声呼喊都会让光增加几分
都会获得回应
沉默一样的回应
应有人提着灯笼
看一年中到底丢失了什么
数一下这么多年丢失了什么

215. 山坡上的一只白羊

如同羊这般
做一个安静的穷人

所有的行囊就是自己
从一座山坡到另外一座山坡游移
让乱石和泥土高了一段温度
有了灵魂

身为羊
没有选择
选择都在选择之前
坎坷还在路上
光在黑暗的匣中
一页页翻阅草
这些草隔着一线就是经书

羊的孤独看不见
羊把孤独深藏在枯草的根部
一记鞭子让羊放下了白色翅膀
再一记鞭子
大雪就遍布了山坡
羊的眼睛是小小的镜子
透明的弹孔一样
没有恐惧
似乎只是代替我受难

216. 夜晚的指向

黄昏关门之前
身体外的动物迅速跑了回来
夜晚是另外一个家园的开始
逝去的家人醒来
猫头鹰戴着面具巡逻
一些可爱的鬼怪
把我从沉睡中唤醒

白天是一座巨大的剧场
夜晚让一切显形
并没有背叛
只是让兽身就位
围着黑暗的围裙
无论是少儿还是老仁
都伸手接受分发的苹果

如同死亡一样
将一切放倒在
同一杆秤上
黑夜无比公平
让万事万物混沌
否则就无法看到先知

217. 应有光

应有光
洗刷我们的祖先
也洗刷我们
应留下光的种子
让光自我繁殖
为我们的后代也准备一份

在光中生儿育女
恋爱、作息及祭祀
吃下光的粮食
让我们也成为一个透明的发光体

在光的花园
无论是垂直生长的
还是斜着生长的
都是我们的恩人
那建造光的梯子的是我们的恩人
那手持光的鞭子的也是

光是我们活着的理由
一直认为
另外一片土地种植光
我不惜千山万水寻光

最后发现光源
隐藏在黑暗里

218. 磨刀老人

没有这位磨刀老人
这片山地的刀
可以死一万次
一次就是一万次
磨刀老人坐在树木的阴影里
没有人数过

这位磨刀老人知道
手指下的刀锋越是锋利
越是会割伤自己
如同被这片山地所固定住的人
被一支笔所圈定的人
一只陀螺自我推动
陷入自己的循环

美好却不断瘦小的旧事物
磨刀老人用力地磨
首先磨自己的手指
再磨自己不断衰老的脊柱
头顶上挂上了破衣衫

一片早春的残雪
阳光已经蔓延到他最后的边界
只要再退一步
就是刀锋一样的悬崖

磨刀老人没有声音
反复地磨
试探刀锋
如同多年前小心翼翼地怀抱幼子

一把刀在生锈之时想起了锋利
锋利很少想起过
被自己所伤的磨刀老人

219. 尘埃升起

庙宇之内
每天都有光线过滤
下面的人的灵魂升起青烟
光阴的弧度清晰可见
一片寂静
在时间中大若无形

那探过院墙的一根枝条
流淌着人间的影子

树叶无人时自己变绿

无人时自己变得腐朽

你看见的桃花

正好可以照见鲜艳的伤口

庙宇外的风不舍昼夜

迟到燃烧的香火听出了悲苦

钟磬声每日都在响起

有人听出了伐木的声音

只有一个真相

这就是横渡大河的柏舟

经过的人变得重了

经过的人又变得轻了

尘埃升起后落定

落地后又升起

220. 夜色中回家的马

这匹马摇晃着一路月色归来

卸下了一身的负累

从乡村石头路上经过

四根手指弹着钢琴

即使是熟睡的人也能听到

优雅的诗人押着韵脚

不带起一点浮尘
这是一匹与众不同的马
流露出一脸疲惫的高贵

依靠着白天的余温
马和院子的树木互相拍打
互相安慰
睡莲并没有睡着
屋顶上点着萤火虫与星辰

这匹马的眼中容纳了夜色
这里有另外一个尘世的秘密
失眠的人手握着紫葡萄
不发一言
眼里住着一个圣者
周围是鼻息沉沉熟睡的人

221. 残雪

应当用什么样的力气
才能挽留这雪的余烬
雪不能挽救雪
雪的族群向北撤退

得用多么温柔的内心对待

这些劫后余生的雪
保留着最后的纯洁的冷
一生至少要经过一次

几十年前就是如此
我的雪比别人化的更晚
这种白色的翡翠冷
让我在人群之中感到孤寒
周围都是熊熊的炉子
嘈杂的尘土连绵不绝
只是看不见降雪人

这片残雪
让我在冬天的末梢
感受到了重度的风寒
到达骨髓的冷
我不准备融化它
它也不准备将我挽救

222. 黑夜不要怕

黑夜的大马还是执意来到
这是一群黑色的马匹
马皮将无限裹住
眼珠发光

只有心中有星辰的人才会看到

黑夜带着镰刀而来
那些植物
因为无名而不会恐惧
密密相互挨着的麦苗
让镰刀疲于奔命

只有一颗彗星
带着金黄色的巨大扫帚
一边惊鸿一现
一边打扫来路
最后归于寂无

那么多的黑夜
不要怕
最多只是和白日打了个平手
那一望无际的黑夜
即使众人已经沉睡
像是将心脏埋入灰烬中
远看好像燃烧的黑色的火

223. 春天找羊

一只羊宁愿迷失在春天
仿佛一个人暮年想起了童年的真相

这只羊一定有隐士之心
归隐田园
做一个无拘无束的采菊人

看见了田头有人耕田
看见了风把树叶吹成银片
看见了山头被阳光晒得闪耀
像极了我这个多年未归家的人

羊在春风十里漫步游荡
罂粟花此时开得鲜艳
羊以中毒的方式
拒绝别人为自己解毒

我是找羊者
却背叛了鞭子
如果一阵春风也把我吹回春天
像失踪在山坡的羊
那该多好
事物之初就是如此
我如此坎坷曲折地找羊
只是做了一个迟归人

224. 石头从山顶滚下

这块石头居住在山顶
它的山顶就是山的坟头
它的脚下布满了荒草
心中却怀有雷霆
众人看它在山顶闪耀
它感觉在山顶如临深渊

这块从山顶滚下的石头
与周围格格不入
同样都是坠下
不是石榴从树上坠下
不是影子敲打地面
这种抚慰与众不同

这块石头势若洪流
将经过的一切摧枯拉朽
它有自己的语言
坠下就是为了与众人互通

绝大多数因爬上山顶而重生
这块石头因从山顶坠下
破碎而获得重生

225. 余温

一个人坐在中年的枣树林里烤火
不再奢求过多经霜
一个善良的盗贼已经改邪归正
不敢再想象斧头加身

少一分太过寒冷
彗星的剪刀划过黑色天幕
燃烧的余火太冷
多一分太过炎热
童年在春天引发了一场火灾
多年前已经随夜雨飘走

不再幻想野火能够蔓延山谷
我已经无法为它们铺设轨道
再多一点就超过了手指的边界
先辈在侧
架起少年时晚睡前的柴火
手掌那么大的余温就能救活我们

这样的火正好
能够在未燃烧和余烬之间
为我留一间房子

种子能够发芽

我能感受到余温

226. 在庙宇中渡过的生死

什么是生死

只是你看到的生死

那座石桥已经上百年了

还是可以让人横跨

那座青山已经上千年了

还是比青年更青

那座庙宇上万年了

还是能够扶住我们

避免像雪人那样倒塌

无边的静寂

无人替我们收拾

有两种真相最值得保存

一种生根在少年

一种和解在老年

这不过是生死的一种微小的模型

让我们提前熟悉

生与死的热冷

一根香烛让整座大殿倾斜

掉下的一粒灰烬
让我们看见了
万事万物万理

227. 雪中的执念

仿佛是应一个雪人的邀请
这些细小的雪
极大地降落
像是慈爱的父母
为子女留下一所白色房屋

与雪不同
我的执念拷问着自己
再小的雪
也有更大的雪的父母
针一样的指尖袖入囊中
脸对脸传递着寒冷的体温

我不敢大声
怕引发一场更大的声音
雪也是如此
一场雪往往是
另外一场更大雪的前驱
只是想象的方向有所不同

再大的雪也无法压制住
一段被雷击的木头
执念的黑
成为白的心

我所有的过往至亲
都和我隔山隔水
最大的遗憾是
无人让我抱着大哭一场

228. 时间的不同维度

早晨时间在我窗台啁啾
我看不见却听的见
晚上时间在我床前徘徊
我摸不着却能感觉的到
无论早晨还是晚上
我都想知道时间的巢穴在哪里
等我找到了巨大的时钟背后
我的两手空白
身子已经轻轻

时间在不同年龄
都是巨大的虚无

推动的力量不同
计量单位就不同
少年时用一天来计算
青年时用一月计算
中年时用一年来计算
老年时一瞬就是一生

时间最公平
又最不公平
有时让永恒变为一瞬
有时让一瞬成为永恒

229. 慢下来

慢下来
让我慢慢地喝下祖母滚烫的稀粥
让冬日的老太阳
悠闲地在身上散步
石板路发出古董一样的光

再慢一些
我不会顾忌
自己是一个穷人
风中暴露
我多年前穿过的旧衣衫

那些清贫的年代
因为年青
同样会留下芳香
如同青草
无论活着还是被割掉
都会发出的青草香气

让邮差骑上老式的自行车
让道路重新崎岖
隔山隔水隔树林
不能让结果提前到达
不能让邮差提前搬运自己

230. 作为时间代表的钟摆

如同我们吃下食物
然后长大成人
时间这个巨大的虚空
吃下我们
然后成为巨人
时间也反刍我们
成就了我们的肉身

钟摆作为时间的代表

即使住在寂寥的银河
也会因为它的摇摆而战栗

更大的潮汐
只不过是钟摆的模型
因此引起的惊涛骇浪
不足为奇

一定有神制定好了座椅
万事万物
都是依次入座
在我们那里的乡下
我终于遇到了一个年老的修表人
他将钟摆卸下
把时间的锈蚀擦拭干净
他说要将这些钟摆放入棺材
陪伴那些走投无路的人

231. 黑夜中的歌声

当唱出第一个音节时
猫头鹰的双脚站在乐器一样的树枝上
起飞了
一天的难处及余烬
纷纷抖落下来

黑夜中歌声的音节
组成一节一节的梯子
眺望星汉
这些黑暗中的闪光者
从来不会彼此陌生
都有一些共通的东西

不需关注音律
在黑暗中大声唱歌
不是想吓退他人
推走一截更大的黑色
在绝望中扶住自己

不止一人得救
再大的黑夜
也不能包裹住歌声
不必知道黑夜中的歌声来自哪里
只需关心到达了你没有

232. 秋蝉

秋蝉的声音落到树下
经过的人
头顶阴影的草帽

比声音更加落寞

秋天衔枚疾走
秋蝉用声音追赶
我们没有资格教训它们
同样知道结果
同样在行走中沉睡

不知谁将秋蝉雕刻的玲珑剔透
这是一个伏笔
一语成谶
在秋天的市场中
没有什么不能交易
一切都可以浪费

天地如何放出
就会如何收回
秋蝉知道
万物如同刍狗
还是忍不住叫喊
直到身体内充盈着透明的光

233. 穷人

世界给予以大风
穷人回复以破衣

在古旧的乡下
穷人再次被剥除
衣服不是归宿
而是宿命

唯有穷人的镜子
才能淋漓尽致地显示世相
你们看到的镜子
都是镜子愿意让看到的
那徐徐落下的村庄旗子
那兵荒马乱的荒草折断的场面
都被视而不见

尽管雷霆轰鸣
距离穷人太远
高不过穷人的碾子
日复一日地研磨

最地道的穷人
让窃贼感觉自责
让周围现出原形
帮助我们发现真相

234. 空房子

这座空空的房子
如我的双手
敲乱了牛皮鼓的韵律
都是不得其门而入

木材的味道
火柴最为清楚
这座空房子
如果没人敲响
该有多么寂寞
一如我的双手
没有见过房子之前

这座传世的房子
在跳舞之前
华丽的手镯会旋转它
这和手铐一线之隔

这座房子密封了自己的钥匙
却想要被打开
看着空空的房子
将自己腾空

不用钥匙
也能进入

235. 那时的人、老鼠与粮食

那时的粮食总是最早将自己隐藏起来
比秋天更早
一部分变得更小
一部分不知所踪
在夜晚隐藏得更深
老鼠更为勤勉
深夜咬着木床腿
似乎是误认了亲人

那时老鼠凶猛
饥饿更是凶猛
夜色一起保护它们
一只老鼠过失跳入滚烫的饭盆中
被我趁着黑夜吞进肚里
从而合二为一

那时乡下老家
有人对着鼠和人的界限吐口水
将老鼠从田地盗窃的粮食
挖洞再盗回

饥饿的炊烟变得虚弱
升不了更高的地方
在屋檐以下的阴暗角落
让人和鼠之间混沌难分

236. 光

一个眼神
光垂了下来
让万物各就其位

我们对光曾经熟视无睹
无形中成为了光的背叛者
忘记了光是如何一口口
喂养我们
光对我们却不能视而不见
这是光的命
来叠加我们的阴影

树林再密
也不能掩盖住树木之上
一朵朵小的光
开出一盏盏花的模样
光让那些善良的人
身材陡然高了一丈

从人群中走了出来

那么巨大的光
如此精致地降落在渺小上
在蚁虫身上描龙画凤
我不仅惊诧于
到底谁是造光者

237. 秘密

太阳一节节升高
如此古老
满天下都是孩子
身上布满慈祥的光
让举世之内纤毫毕现
可以看穿一块巨石
却故意遮盖一只蚂蚁
最微小的秘密

等到一定年龄
就应守住自己的贼
防止在转念之间
偷走自己的秘密

每个人都有一个不为人知的秘密
辛苦地守护

一个神圣的罪
我要把它埋在经卷中
等到后人打开

我的破衣服迎风拍打
破船的帆一样
只是等待一场风
要在海上遇到一座秘密砌成的城

238. 希望来自天空

应有太阳的光线
从上方闪耀
醍醐灌顶
为我们剃度

应有雷声
携带一把巨锤
开辟道路
将倾斜的钟摆
纠正过来

应有闪电
在雨水到来之前
温暖苍白的面孔
漆黑之夜

让尘世变得和天空一样

应有雨水
将一条沟渠
重新和另外一条连接起来
抚慰不曾停止
上方的雨水不曾忘记我们

所有来自天空的虚幻
都是上方的信件
最可能的真实
有知为我们打着灯笼
未知是我们真正的家
一切直到泥土覆盖
才会在悔悟中更加清晰

239. 荒芜

好不容易等到荒芜了
太阳东升西落
狐兔如同我一样
在这座山中任意行走
胡须的脚步
肆意在脸上生长

不要忽视冬天的这片枯木林子

一些干枯的手指托住暮霭
荒芜用荒草及乱石装点
这些喜鹊的家园
喜鹊不永远飞走
它们就不会真正的死亡

你们所认为的荒芜
却是那些鸟虫所建造的神殿
一爪一爪
一羽一羽
不能用节制的剪刀修建
让它们降低到整齐划一的迷宫之中

这不是最后的荒芜
这座山的远处
还有几处比坟堆更稀疏的农家

240. 一个不太熟悉的人死了

在没有验证为坏人之前
任何人的死亡
都让我悲伤

任何经过身边的人
逗留片刻

就会成为身体的一部分
死亡并不是一个人的
可以分享
身边泥土的剥落也不是
蚂蚁死亡
我也能感受到身体洞穴的塌陷
一个完整的镜面逐渐出现裂纹

死亡似乎只是一场展示
一张巨手将生命放出
然后收回
验证自己的神力
有多大的喜悦
就有多大的悲伤

在这世上
比起所有的美丽
死亡最能打动我

第五篇　百年后我的文字会如何

241. 百年后我的文字会如何

日日其实都是送别
落叶坠地有声
小小的尖叫
抵消一生的赞美
这是所有人的宿命
谁都不能免俗

我还是希望
文字能够独活
如同一只纸船
独自横渡沧海
我不知道文字到了最后
是否也会哭泣
我辞别文字之时
会哭个不停
一直到哭泣能够掀起一只只蝴蝶

百年之后
我可能还是会忍不住回来看看
这些当年的小孩子
即使他们不能枝繁叶茂

却仍然要有我的样子
因为他们代表我
在后世中活着

242. 狩猎

每日都要穿过林子
狩猎的弓弦时时响着
有人善于隐藏形迹
却被眼神出卖

有人在狩猎别人
有人在狩猎自己
有人不管别人和自己

都在狩猎
即使是大风吹过
不要以为会空手而归
卷起地上的尘埃
吹落家园一样的鸟巢
以及更上的干枯星辰

闪电也是如此
先把预言释放出来
以大雪的形式降落在屋顶

只要有了行迹
坠落的物体都将被狩猎

大风吹暗了小城
黄昏落日
让荒废的工厂空空荡荡
更远处的火葬场并未闲着
它在狩猎
将有形变为无形

243. 风灯

当暮色四合
蛙鸣虫声之桨
把夜色摆渡出来
能够让那片山地不被淹没
是一盏风灯

将风灯挂在看瓜的棚头
这盏风灯看护着祖父
祖父看护着我
最先亮的
都会最早瓜熟蒂落

多少年

我都在那片黑暗坎坷的山地游移

双手摸着那盏风灯

抖抖索索地摸到了自己

不知归罪于谁

风灯不见了

也不见了掌灯人

不知谁先消失

谁为谁殉葬

在我心底的墓室

摇摇晃晃

244. 情人节

他骑着白马跨过高高的山冈

马鬃唤起浩荡的春风

青草青浅

不足以淹没他的马蹄

只要你在那里

无论多少条道路

都不会让他误入歧途

那么狂飙的武士

马蹄竟不忍惊落一串露珠

一定要避开一些花瓣

他今日是来拯救你
不是让花瓣成为泥土

他的弓箭曾经射过无数的飞鸟
你是他最美的猎物
从此他的弓弦沉沉睡去
大风难以吹动沉入水中的野葫芦

把门打开
让风自由进入
让疾如闪电的人进入
无论路途再遥远
再晚也要敲响你的窗户
在内心点燃夜色
如果在这个日子不能感受到苹果的体温
那么将是一个冷血人

245. 老家的火

这里的火
在黯淡的乡下
把时间打磨得刀刃闪光

最大的火
往往从最黑暗的地方开始燃烧

这里的老人
都拒绝以火的名义发誓

闪电从上空垂下鞭子
准确击中乌木
大火将满山荒草剃度了几寸
这都是火的罪过
却由目睹的人来承担

那座火葬场挥舞着巨大的手臂
成为这片山地真正的王
将所有的人送入
却不见将人送出
这里的火
燃烧了引火的人
生于火死于火
生于土死于土

246. 老院子看到遗留下来的石像

如果不是这座石像
在我敲响门扉之前
这里就荒凉很久了

青苔已经光顾这座

人间的小小神庙
不知道它保佑的对象
心之所至
念之所至

石像是自己的影子
晚上是不是有人打着灯笼
在这座石像上
寻找自己

风响起之时
晃动院中树上的鸟巢
整个院子波涛起伏
石像就是那个划船人

不是这座石像
那时不懂静默的含义
我穿墙而出
牵牛花的一半翘首爬向墙外
留下旧日的身体
与这座石像合为一体

247. 一个乡下的未婚老男人

一个人就是这个破败院子的王
流放的王就是罪民

罪的根子
在言语无法到达之处

一个人就是这个院子的一切
生死就是这个院子的生死
将要破旧的萝卜
不再闪着透明的光
破旧的门关不住
一缕温柔的藤萝
更破旧的手指
无法与墙外的天互握

没有梅妻鹤子
不是主动放逐
我不知道他有什么手艺
只是看到他掌握了孤独
已经适应单身了
他探身进入地窖中
打捞冬眠的事物
手法比我更老道
提前适应死亡

248. 大风歌

如果不能感受到大风
就注定不是追风者

就看不见大风吹落黄昏
看不到落日坠入荒草
一块巨大的石头
掉进暮色苍苍的乡村

大风拍打我宽大的袍袖
让我在人间空空荡荡
我不是风之子
大风无视我空空的手指

大风如此之大
我看不见它的手指
将尘土还给大地
将灰烬还给草木
把帝王还给荒丘
把国土还给最初之地

大风这人间的巨匠
成就在尘土更高之处
吹开人间恍惚的眼睛
吹走尘世纷扰的灰尘
让预言得以清醒
大风吹走一寸
就会再移来一寸

249. 过河前与己书

快到时候收拾自己过河了
行囊轻轻
肉身很重
杨柳青青
手指干枯

在这条河上摆渡
都是过客
都在轮回
从透明轮回到黑暗
从小变大
灾难让我们变小
死亡让我们变得更小
而悲伤却难以真正被挖出
一颗透明的蔬菜
它在冬眠
挖出后就会瞬间腐败

我是这边岸上的人
说着此岸的语言
袍袖当风
喃喃自语
千百年后

一定有一个类似的人

在河的彼岸等我

周而复始

可能他不认识我

但一定知道有我

250. 又一次太阳照透的春天

即使在最远的山里

那昏睡已久的大门也逐渐打开

久违的光线擦拭内室

被大风吹斜的钟摆

重新被调整路线

让黄草结束一场睡眠

藤萝慢慢爬上东墙

春天在石头房子上走了一遍

石头人也开始温热

让新娘打扫厨房

阳光充足

万物温暖

人间的百味都已经准备

此时不会有遗漏的客人

上苍怜惜我们
二十四个美女中最美的一个为我们舞蹈
一念就是百年
在这个春天
必须让光线照透
那在病中冬眠者
如果不能在此时醒来
可能就是一个无药可救之人

251. 母亲

如同一块铁在炼成前
想起了铁石荒废的时刻
一本书在最后的篇章里
写到了母亲

一个人在最危险时
想到了母亲
在疾病和将要死亡之时
都知道真正能拯救自己的
必然是母亲
母亲是小小领土的女王
只是来保护我们

母亲简单而琐碎

小米一样的美

喂养了我们

却可能被我们所忽视

母亲普通而冗杂

以忍耐抵御着四周的飘摇之地

如同一个殉道者

母亲一生就是让我们道成肉身

最小而最大的母亲

最初和最终的母亲

无论是谁

都应以母亲作为开始

以母亲作为结束

252. 微小的事物让我到达宏大

如果我们看不见世界

就求助于一粒沙子

如果我们不能到达恒河

就要乘坐一节芦苇

如果大地过于干旱

我们要求救于小雨

比针眼更细小的雨

骆驼更容易穿过

我用芥子提起须弥
用一滴露水查看尘世巨大的裂缝
借助于一只蚂蚁
我就可以翻阅昆仑山

那么多的巨人
经不起风雪的刀砍斧削
更多的是那些蚂蚁一样渺小的人
在悠久的道路上
脚步无法掀起尘土
如同一粒麦子一样
只是留下集体的姓名
并不妨碍
这些微小让我到达宏大

253. 在煤矿井下

这里有一群被放逐的人
不知天堂什么样子
却被人间贬谪
到地下赎罪

那些在无边黑海难以横渡的飞蛾

它们的忧愁也无边无际
绕着微弱的矿灯飞舞
我看见它们纤弱的手指在呼救
我不能拯救自己
怎么有力拯救它们

每日都是一场对峙
住在生死的钢丝之上
不能掉以轻心
危险无处不在
死亡在不动声色地窥探着我们

这里有一群被活埋的人
人还活着
心被黑暗重重捆绑
伤害被染成最黑的颜色
却找不到凶手藏在哪里

254. 深夜对马的沉思

马让夜色安静下来
让白日的洪水
停留在脚边
这匹马来去不明
它只是假借住在马厩

还有另外一座宫殿

我们不能走入彼此

我和马之间

都有一个看门人

这匹马如此沉默

用夜色的眼睛直视虚无

玄机重重

一定是个哲学家

它隐藏的秘密

一定超过我们

我们是人间的马

却不知是被谁套在车上

我们的马鞍越是漂亮

越是握不住自己的缰绳

我们奔跑的越快

越会成为自己的鞭子

255. 经过一座老人院

难以想象

这座老人院关押着以前的老虎

山谷被虫蛀成了废墟

虎爪逐渐锈蚀

虎爪带起的风向哪边吹
哪边就干枯一些

这些老人练习倒着行走
尽量看到更多
清瘦的手指伸的更长
扫帚一样地打扫
昆虫尸体一样的聚集
那只萦绕的金黄色蜜蜂
隐约的光线如在昨日
只是失去了针和口器

人人都戴着天生的枷锁
只要是经过
每人都是一座老人院
没有人能够豁免
只是我们不愿意伸出
带枷锁的手

256. 元宵节

暮色四合
所有的人不约而同
奔向光明之地
所有的灯笼

290

都一起回家

这些灯笼
一生或许只光明一次
都是昙花的姐妹
彗星在大地上的种子
小小的火焰对抗着黑
以微小压制住
宇宙一样的黑暗

有月光之地
柳树比平日高了三尺
她也比平日漂亮了三分
有灯彩之地
必定有你想见的人等候

有宝马香车的人前往
有破衣飘飘的人前往
黑暗如此
如雨的星光也是如此
灯火阑珊照亮每一个经过之人
古典爱情的这个节日
谁都不会嫌贫爱富

257. 雪中追赶父母的小儿女

与雪分别
只是掉落脚印
与父母告别
则是撕扯筋骨
看着这对小儿女
在雪中努力地奔跑
他们还太稚嫩
无法追上比生活更为迅速的汽车

看着哭泣的小儿女
我很愿意教这对年轻的父母
为生计奔波的父母
学会分身之术
他们的双手被冻僵
脸上挂满连绵的雪水
我也分身乏力
一半陷于雪中
一半隐身于墙体之内

所有的鸟飞落到地上
很快就会污染羽毛
在雪白高冷的天空下
我宁愿看见的不是自己

258. 一个人的春天

这个村庄最后的一个人
并没有让春天嫌弃
春天降临城市
也光临一个人似的村庄

一个人让春天更加苍茫
春天越是喧哗
人就越会孤单
没有这个人
这个村庄还没有如此寂寞
没有这个村庄
春天也不会感觉到孤零零的一个人

灶台上方还遗留着陈旧的烟火
为逝者指明旧路
或者是他们来过的痕迹

比邻而居
鸟巢逐渐变得更多
高悬在这座村庄之上
鸟的细语
代替那些不复再来人的遗言

一部人去了远方
一部分人将家搬到村外山坡的坟墓聚居
风雨来了多次
上面的草又青黄了多茬

259. 牧羊老人

牧羊老人前面的羊群
以受难者的姿态
走进荆棘丛
完全不管
牵牛花怀抱的露水

牧羊人也曾怀抱露水
一泓少年时的清泉
现在没有完全断流
只是摔碎了盛水的陶罐

牧羊老人送走了一群又一群的羊
不是他熬死了羊群
而是羊群让他逐渐枯竭

羊在鞭子的前面
鞭子在牧羊老人的前面

不知道是羊代替人受苦
还是人代替羊受苦

牧羊老人决定
不再为难这些山了
无生无死中
他看到了一场人为的灾难

260. 阳光下圣洁的东西在飘荡

如同阳光
抚慰死去活来越冬的青蛙
如同白云碎而复合的尸骨
在阳光下圣洁地飘荡

一边坐着圣人
一边坐着野兽
大多数人都走在中间
乱花迷眼者都不会失眠
那些不知因果的人
都不知恐惧

如果不能再听见
星辰以滴水建造宫殿
不能通过一棵芦苇

听到从天到地的细语

如果不在阳光下失明一次
就无法看见大地上那错落有致的房子
这些在风中一页页翻开的经书
隐藏着人世的最大秘密

如果神性消隐
就让我重回人世
像是灰烬那样年轻
如同崩塌的石人那样宁静

261. 不要战争

一个人的死亡就是无数人的死亡
一片陆地的崩塌就是无数陆地的崩塌
不要战争
战争就是地狱的市场
将一些人的心卖给了魔鬼

不要战争
不要枪炮声震天
惊醒熟睡婴儿的梦境
梦境中他逐渐长大
蹒跚的脚步奔向父母

在早晨划着小船穿过雾气蒙蒙的第聂伯河

两岸遍布着葡萄园

葡萄还不够坚硬

不能抵挡住锯齿的撕咬

一片阳光不能抵抗无数的枪声大作

露珠从葡萄叶上跌落

他和爱人还有很多约会

不能让枪声把他的梦境扼杀于摇篮

不要战争

惊飞广场上的白鸽子

白衣少女一样的白鸽子

白鞋子一样的白鸽子

穿着它们就可以飞遍世界

262. 站在春天的繁华中

如同最后一班绿皮火车

我开进春天

把树根的因开来

把树枝的果开来

我是送绿者

内心枯灰

绿皮车也知道

这趟远门将是有去无回

不需要我用手指出

到处都是春天

到处都是燃烧过的声音

如同火空空地燃烧空茫的天空

周围这么多忙碌的人

我的眼睛深情地抚摸着他们

这些都是最终无法再次见到的人

最终无法挽留的人

互相凝视

这么多树桃花开的寂寞

我开得一人

深渊似的一人

不知谁应该安慰谁

263. 在海子的诞辰和忌日之间：致海子

你一只脚穿着亚洲

一只脚穿着欧罗巴

乘坐麦地里的独木舟

踏着春天复活的节奏而来

敲打着月亮

听一下是否还有开门的声音

扶起死亡的灯火
看忧愁是否还流淌在黎明的河上

至此众人都在喧嚣的树叶中跳舞
将月亮打碎
不顾眼睛里雪花一片
不顾草原上悲伤的野花一片

从你开始
到你结束
经历了一株花楸树的荣枯
一个诗人的时代死了
一个白雪爱情的时代融化了

九个太阳才能照亮
已经逐渐黄昏的村庄
种麦子的人
生于麦子
死于麦子
你所倾心的死亡
也是将你终生喂养的死亡

264. 旧院惊梦

曾经有细如针的光
绕那棵春树三周

仿佛是隐身的春天纵火者
有细如光的人
曾经在夜里穿过
安慰着细小的沉睡

一只鸟在屋顶叫着我的名字
一看就是旧相识
声音滴到伏地的青苔之上
篱笆曾经开花
青藤多梦
露出轻轻的旧时光

多么葱郁的老院子
人气曾经在这里蒸腾
我也曾经举起一个小小的杯子
里面充满长辈慈悲的光
哪一天如果我最终离去
不知道它有多么悲哀
或许它已经知道
这里的一切将死去无数年
有时光从远方到这里淹没

265. 疫情下走过细雨纷纷的河岸

没有看见弓箭
只能看到伤口

没有看见暴徒
这个城市的大街
被劫掠一空
我是那个沿着河边逃跑的人

巨大的城市
留下空旷的倒影
比城市更大的春天
寂寞的空无一人

所有的店铺都没有了呼吸
一个面无表情的人
用拖把在雨中擦拭着他的车
他可能不知道
擦的越是没有灰尘
越容易弄脏
擦的越是光滑
越无法在上面立足

鱼鹰离河三尺飞行
眼睛里的凌厉与忧郁也是三尺
凌厉是它看我时的凌厉
忧郁是我看它时的忧郁

想象与这只鱼鹰共同拥有一对翅膀
在这座城市中的河中

细雨纷纷地向各个方向飞
只是河堤的枯树扯动了一条绳索

266. 埋葬

在暮色中
一只衰老的羊慢吞吞回家
一把生锈的铲子
回到了最初的模样
无数的事物交织
谎言与欲望
青春欢畅的时光
将这一切都堆在一起
这些土就是用来埋葬自己

上辈人打造的银币
不知道上辈人的手在哪里
那么多喧嚣的树叶
都在玩着九九归一的游戏

只有在埋葬之时
才能与自己达成和解
为什么埋人的人泪流满面
死亡是一面镜子
它照见了自己

无论怎么建造
如果不能重新建起
每个人都是废墟

267. 祭词

人不过是芦苇
出生就是在等待无边的飓风
命是蝴蝶
扇动的薄薄的门
生在闪电之下
危房之中
死是雷霆之锤
生与死就在
火光明灭之间

脚步是最高的天堑
每一步
都可能是最后的一步
每一次眼睛开阖
都是从生的门
通往死的门

没有说出的话

要大声说出
想见的人一定要见到
你的双手这只碗太小
没法盛下太多的眼泪和欣喜
你在人间只能走过一回

268. 祖辈和我

那些祖辈留下的铁
还没有来得及
让锋刃淬火
就开始生锈了

坟头上的这些淡蓝色的花朵
端着小小的酒杯
还没有等到饮酒的人
就败了

在冰雪中烤手
在一把尖刀上赤足走过
只是为了看见
那些流浪者
被荒草所容留者
都是眼睛里住宿的
孤独者的影子

被钉子伤害最大走的最远

大风直上云霄
星辰中浮动着命运
深不可测
地下还在逆流而上的鱼
都是高贵的叛逆者

269. 夜宿山村

不过是重复了一个轮回
太阳从日出到日落
如同我重新归宿到这座山村

仍然是那座丝瓜架下的仰望
最美好的星星莫过于人世之初
它们在衰老之时开始闪光

暮霭还是那么宁静地编织
多年前的炊烟坚韧
宁愿让绳索捆绑自己

不再害怕黑暗
它们只是重新收留我
一只金龟子重新回到子宫

看见了自己的真身

钟声踏着树梢而来
远处山坳的寺庙不会孤单
孤单的永远是我们
再黑的夜晚也不会消失
它就住在人间

在星辰居住之所
天眼高悬
我们以为在天眼之外
其实都在天眼之中

270. 怜悯

上苍怜悯我们
让我们看见了光
黑暗的眼睛不再孤独

一队蚂蚁衔着草籽
如同一列火车轰隆驶过秋天
连绵不断的群山
被折叠起来
当作异乡人的行李

少数人有少数人的使命

多数人有多数人的任务

每个人都不会荒废

给少年一些喜鹊的种子

多年后让马携带着翅膀返还

老去的人

让土地隆起

在大地上签上名字

让后世寄宿

需要几滴神的眼泪

才能浇灌自己

需要飞上多久

才会失去重量

271. 陷阱

不要以为一生都在建造房屋

也是在建造监狱

把一个个囚犯放出去

再把一个个囚犯收监

多年来我一直用柴火取暖

不停地点燃

对于火光以及熏黑的灶膛

有人说是善

有人说是恶

我端坐在中间燃烧

风的方向不明

无论来路还是去路

我越转越单薄的身影

却不能像是陀螺那样停止

前方将有鞭子雪花般地落下来

生于无名之中

不管这些无名之水

是如何在清晨爬上了草木的枝叶

无论是否情愿

那些晶莹剔透的露珠都会跳下去

比垂老的眼睛更深的深渊

已经等待已久

272. 因疫情被封闭在室内

整个室外阳光灿烂

玻璃破碎一样

看不见的血

流于透明之处

在疫情封闭的室内

一缕阳光落在头上

久违的亲人高垂于上空

门还是如同哑巴那样

守着自己的嘴

一点光线让我成了一个自由的人

当给你整个春天的时候

你只是看到了一片树叶

当给你一片树叶时

你看到了整个春天

这段时间我就一直封闭在狭窄的室内

不知是保护自己

还是保护他人

我知道有优胜劣汰的大手

在上方巡行

以雷霆之钟

压制住众生的狂妄

我不怜惜自己

只是怜惜那些

劫难将要笼罩的老人和孩子

273. 项链与锁链

有人带着项链
有人带着锁链
有人飞翔在人生的冰雪之上
有人蜷缩在人世的冰雪之中

有人冬天也是春天
有人春天也是冬天
有人出生就带着万能钥匙
有人出生就带着命运的枷锁

有人活一刻
就超过了一生
有人活一生
也就是无数重复那一刻

有人一生有无数的嘴
无数鲜花一样簇拥着的嘴
有人一生有嘴也无法叫喊
我们曾经同样卧在冰雪
穿越荆棘密布之处
我就是她的嘴
我就是她的痛苦呻吟
与叫喊

274. 谅解

那些年撕心裂肺的爱情
被时间所谅解
那些年的四处漂流
被流水所谅解

那风雨飘摇的人生
被遗忘所谅解
那四面漏风的生命
被命运所谅解
生活没有辜负我
是我辜负了生活

一生就是在不断变大
祖父不在了
我开始谅解父亲
父亲不在了
我开始谅解自己

少年时的打斗
被青年谅解
青年时的争执
被中年谅解

如果我活得足够久
可能会等到谅解仇人的时刻

275. 说服

那些雷
如果在该响起的时候
保持静默
就是上天的败笔
那些闪电
如果在黑夜需要照明之时
保持暗哑
就是上天的错误

山川的顶部不会移动
上面隐藏着云雾遮盖的智慧
下面巨大的底部不会移动
已经与尘土混为一体
这一切都是验证一个人最大的孤独
体验一个人最空旷的痛苦

说服是一个人与无数人的战争
一个很遥远的距离
先说服宇宙中的运行
再说服江海的涌动

再说服花鸟鱼虫的喧闹
等到说服自己之时
看见周围站满了陌生的人

276. 欲望

整个世界就拴在
一个欲望的链条上
像是古老的渔夫
用绳子将鱼串起

有的欲望还是活着
鱼还在挣扎
有的欲望死了
被渔夫带着四处走动

欲望在看的见
或者看不见的边界
那最好和最坏的
山顶阴影将他们区分
最大多数人偃伏在荒野草中
无声无息

有的人一出生
欲望就老了

没有欢笑
也没有悲哀
没有青年
也没有老年
在我的欲望萎缩之前
我将这些欲望的种子种下去

277. 尘土

向往庙宇的人
体内都曾经倒塌过
庙宇的废墟
我只是泥瓦工人
到这里重建

不知墙外的山黄绿了几次
桃花也明灭了几回
不知被谁驱赶
雀鸟在寺庙外喧哗
我和蒲团端坐在寺庙的房间之内
只是我看了一眼
眼睛就挂满了尘土

人在尘中
尘在人中

屋外的阳光将这座大殿变成深井
一件袈裟上光阴斑驳
只有钟声灰尘不染

这座寺庙的塑像积累了多年的灰尘
却无法清洗
一些事物越洗越清
一些事物越洗越浑

278. 无奈

可以说是无奈创造了万物
没有人能够挑战
如同一把刀子不能挑战锻造的铁匠

所有虚幻的都是易消逝的
譬如在昙花的香气中打水
在肥皂泡中建筑宫殿
在气球中让飓风行船

一只蜜蜂不能控制一树花
有风雨雷电日日侵扰
老虎不能控制它的山头
领土旁边还有其他老虎
一个王者也不能控制他的子民

他的内心还有更强的王者

欲望是最大的包袱
是一切恐惧的来源
这些欲望
如同一只点燃的苹果
在夜色中无法隐藏
人不如飞蛾
武装的越多
越不能保护自己

279. 活着是一种耐心

房屋外雀鸟喧哗
像是石头在大海蒸煮
我不堪其扰
如同期待打开飞机失事的黑匣子
看多久才能得知真相

一定是某种事情要发生
要认输了吗
内部的弯曲如同警告
把我压着垂向地面
一棵渐老的柳树
逐渐驮不住自身的黑暗

幻想可以倾斜通过河流

活着是一本大书
快慢不由自己
不能插队
应当用耐心
压制住提前阅读到结尾的冲动
还有一些悲欢没有了结
九九八十一种变化
还有一些枯藤的虬结
没有被灰色走过

280. 到远方的骑行者

到远方去
他们身体内一定有钟
隐藏在血脉之中
冲到碎石就会发出声音
一定有盗墓者
让沉睡已久的白骨重新苏醒
再次看看内心的真相
远方一定有神
神的时刻到了
就要出发

每个人天生都有翅膀
骑行者只是把它们露出
更多的人只是
把另外一只胳膊生长出来
试图抓住更多

骑行者不关心粮食和蔬菜
也不关心哲学
骑行者就是骑行自己
他们本身就是一种哲学

骑行者随身带着破衣衫
不需要带着房子
也不需要带着孩子
如同一位野僧遁入荒野
如果我不是行李太多
年龄太大
也想成为他们的一员

281. 四骑士

这些巨大的骑士骑着无形的马而来
驾驭着无声的闪电而来
不知道暴雨的源头在哪里
却会受到无情冲刷

看不见他们的弓在哪里
却会受到箭伤
这些巨大的阴影
不要以为距离我们太远
只是在上空盘旋
如同秃鹫在幼弱的生命上空盘旋

瘟疫的骑士
是上苍剪除之刃
让那些老弱树木消亡
让壮年的树木剥去外皮
使幼小的种子
在巨型的石磨下反复碾压

战争是一场巨大的悲剧
多数配角的牺牲
只是为了配合少数人的表演
一个人在那里狂笑
无数人在匍匐中哭泣
无数葡萄碾碎后酿成的血浆
只能供一个人饮用

饥荒是骑士的马践踏下的田野
禾苗都成为泥浆
稻粟成为齑粉
所有嘴巴指向的方向

比天空更加空荡

死亡的到来无须伤神
所有的蘑菇都是由木头的腐朽生长
一座冰川的融化
不要抱怨每一块碎冰
所有的崩塌
都是合力促成
人类内部的深渊
自己都不忍直视
很多人至死都不知道
是自己杀死了自己

282. 村庄

这座村庄
石头的青色连绵几十亩
没人知道蚂蚁是如何扛来的
连同巨大的喧哗一起扛来
打造洞府也建造山寨
只不过是多耗费几只蚂蚁

这座村庄
是风将它磨矮的
我坐在山头之上

看风细工慢活
四周斗转星移
如同我在一张纸上雕刻
让雕像充满人的温度

这座村庄
是最后一抹夕照将它烘烤
接受多少温度
就有多少回光返照

这座村庄
是星辰大海垂下的花
逐渐凋落
花蕊重新返回故里
我在山下点起灯火
依靠着村庄陈旧的寂静
往事里风声阵阵

283. 敌人

敌人和爱人都是一种习惯
在欲望的深处
可以看见根须盘根错节
一节一节的积累
如同我们借助一滴滴的雨水上树

敌人不是必须凶恶的
在你的一日三餐及睡眠之间
敌人是一种欲望
我掀开锅盖
今天没有敌人在锅里
生活突然变得食之无味

没有敌人
牲畜已经冬眠
院外的草长高了许多
敌人是钟声
草在钟声里破裂而出

敌人盘旋在屋外
让屋内的人有了力量
双臂因为恐惧而互相抱紧
在恹恹欲睡的午夜
灯焰忽然高了三尺

树立一个敌人
也是一种生命的需要
很少人知道
我们和敌人之间
互相依存

284. 积雪的老屋

你看雪
雪就不是雪了
你的悲凉为雪涂上晶莹的结疤
你的欢乐让雪融化
如同少年春节前的那段时间
雪水一点点
从烟气缭绕的屋檐上滴落

油灯闪耀
你的乡村有多少亲人
上面就可以幻化出多少个影子
村中的招魂人死以前
一切还可以挽回
现在她死了
带走所有的秘密
没有一根竹竿可以垂钓

那些逐渐陈旧的房子
有人在里面
多少年也不会老
如同我的老年亲人
住在我的体内

不过酒宴逐渐到了尾声
很快就会人去屋空

285. 沼泽地

沼泽地是孤独的
尤其是风声从头顶穿过
一些莫名之鸟快如流星
雾气中无法网罗到更多的生灵

那些虚幻的爱情也是如此
不知是用陷阱铸造
还是用亲吻建造而成
远看雾气蒙蒙
近看好似沼泽

不知这些风的拐杖
在我经过沼泽地之时
是否能够扶住我
我的双脚之舟
建造的木头逐渐腐朽
这是黎明未醒时刻
星辰还在绸缎上打着钉子
一定有巨手控制着这一切
决定着陷落的程度

在哪里留下痕迹
就会在另外一个地方
同样会留下痕迹的回声

286. 静夜思

没有来得及品尝
太阳日出一杆
众生开始喧哗
就漂浮在山峦的波涛之上
黄昏一点点地陷落
蛋黄重新陷入蛋壳

有人在小院里种菜
随时都可以看见南山
有人在山顶迎风摇曳
大风大开大合吹向四方
有些事情神并没有交代清楚
我在茧房之中
琢磨穿墙之法

一位老人在夜间行走
一手提灯
一手携带法术之书

夜千丝万缕
如同一只飞蛾
挂在玄机重重的蛛网之上
哪里都可以去
哪里都去不了

287. 以前的女友

我的体内有荒废的道路
白天荒无人迹
夜晚修复起来
可以到达我以前的女友

她们有的还在路边等我
眉目清晰
手里还攥着当年相握的温度
有的沉入深不可测之处
无法打捞
面容模糊

我体内的女友
有的忘记了名字
有的像是钟声
半夜里还会敲响
让我听到多年前的话语

走过的曲折道路

路边有时长有柔软的幼柳

有时长着有小刺的酸枣树

雨点打着我的眼睛

如果多年前

我能这么分清她们就好了

288. 解脱

那些年轻的苹果

闪耀着温暖的光泽

反照着嫉妒的眼神

树木干枯变成冷色

一定是被吸取的太多

那麦芒的尖端

当初是如何不惧生死

熟练地走过

现在却战战兢兢

碎石从悬崖上跌落

垂直向弯曲妥协

树木的喧哗向树下的安静妥协

看似距离不远

眼睛的张开向关闭妥协

夜晚到了
所有的事物都要回家
回到一盏灯
黑夜是灯的囚服
最终要把它脱掉
爱恨回归空相
情仇回归虚妄

289. 不要轻信

每次沉思之时
都是经过荆棘丛生的旷野
需要双手护住内心
防止被蛊惑者扣押

每次穿越树叶喧哗之地
都是一人与无数的争斗
不知永恒与堕落哪个先来一步

不要轻信
站在高处呼喊的人
他只是为了给自己壮胆

不要轻信走右边的人

车向哪翻

他不会关心

他只是身体习惯性向右倾斜

不要轻信走左边的人

路是否向前

与他没有关系

他天生就是左撇子

在漆黑之夜

引导前行的往往不是灯火

而是寻找灯火的本能

290. 中年

你的花手帕

蝴蝶一样曾经在草丛穿行

现在掉落到一张老照片中

黑白对比更加鲜明

这么多的皱纹

从心室内到室外

不知磨钝了多少刀子

再也不敢面对镜子

唯恐走出来一个不相识的自己

体内的胎儿已经昏昏欲睡
需要大力才能勉强唤醒
把全身的皮毛竖起
才能支付一次短暂的飞行

早年捏成的一些土胚
开始出现裂纹
怀疑这是一场意义的陷阱

中年是一场战争
每天都经历破碎
趁着夜色修复自己
种子盖着迷雾的被子
回忆最初的土

291. 愚人节

文字是一个坏东西
更多的是填充半只杯子
摇晃着跳舞
粮食也一样
粮食越多
腹部越过于胀痛
罪过隐藏于看不清之处

在喜马拉雅山上开始种植庄稼

下游之水

可以被截留

可以在地核深处

找到多年前失踪的农夫

除了牙齿

其他部位都已经腐朽

绿色就藏在石头之中

一个意念

让乾坤颠倒

一根弱小的羽毛

扫荡了一座城

在愚人节

都想愚弄他人

往往愚弄了自己

292. 呼唤一场雪

树荫改变了树木

一只蚂蚁经过

让树头垂下的重量

立即重了很多

老鼠在有土的地方
善于挖洞
在有树的地方
可以上树生活
在那些高楼林立的大城
能够在高墙上光滑地如履平地

那些鸟巢太大了
虚空地迎着风
多数时间鸟都不在里面居住
隐藏在不知道之处
压弯了期待
树也难以直立生长

星光太远
人世过大
一场大雪必须在黑夜前到达
掩盖谎言与虚伪
铺开大片的空地
承受铺天盖地的罪责

293. 山村的送葬人

这里每个老人都是一棵古老的树
即使春天到来

也是叶子萧疏
时光快用尽这些人世的飘零者

这里山村的人
无论谁去坟地
都不会孤独
都会把仇恨掩盖起来
将嫉妒置于一旁
为的是死亡时互相抬起

哪里的黄土不埋人
这里种植的都是单一的面孔
人不选择黄土
这里的黄土选择人

如此众多黑纸片一样的身影
可以将悲痛的灵柩抬动
如果再黑一些
就接近了纸灰的颜色
一只只黑色的蝴蝶
在人群中飞
只是看不到庄子在跳舞

时针是大慈悲者
它埋富人也埋穷人
埋年轻人更埋老人

294. 是否值得

只有一个苹果
数只热烈的手争夺
炽热的火焰让旁观者眼睛发亮
很少有人知道
这些手也能变成掌掴的合奏

在嘈杂的人群中
埋伏着一种命
更多的人都是将土地作为镜子
每日低头对照
观看越来越陌生的自己
不怕走失
就没有走失
却不知道
山顶之处也有人
对着他们遥望

明明是陷阱
有人却看成仙境
人间值得
人不值得

如果将船封存起来
洗手上岸
并不能说辜负了自己

295. 全城封闭的疼痛

一瞬间天地回来了
鸟又霸占了昔日的领地
一只甲虫开着卡车
轰隆地从院外经过
它以自由在报复
囚禁了室内的原来领主

即使我被封闭在盒子内
瘟疫还在头顶盘旋
一把巨斧在砍斫着脚跟
这棵摇摇欲坠的大树
不知还有几时就会倾倒

我在宁静之中
听到许多人在呼号
将升起的香拧成几截
感受到了兵荒马乱的时刻

在这座大城

所有的人都变成了宠物

被囚禁于方寸之间

能够在室内行走的人

也是一瘸一拐

不要诅咒

这是来自于自身脚下的刺

296. 如释重负

不会再想着纸船横渡

我哑然失笑

这么多年

都是和哑者对话

让盲者领路

不要轻易把刀放在别人的手里

即使是亲朋挚友

刀是凶器

无论是谁握着

手都可能会被绑架

即使是撕心裂肺

也难以跨越沧海桑田

我与另外一个

只是相隔一层薄纸

谜团一样的皮肤逐渐清晰
只待用手轻轻掀开

星辰闪耀
这些宇宙的米粒微小
被慈祥的光笼罩
都重新回到了母腹
我如释重负
一个流浪者也没有留下什么
与所有的人一样

297. 分身术

南山的花败了一阵
庄稼又割了一茬
一只终日在土中爬行的蝼蚁
死于土中
一个整日匆忙的发小
死于匆忙

生活比骤雨更为迅急
让他一直来不及哀愁
猜测他在其他地方
也是和我印象中那样
无痛无欢地活着

一块石头无欲无求地活着

他的妻子改嫁到了本村
这是她的第三个分身
第一个是别人的妻子
第二个是亡者的妻子
现在她又成为别人的妻子

只能看见他荒废的院落
野草旁若无人
没有再看到这位发小
他一定是学会了分身术
却不知分到了哪里

298. 无辜者

巨大的蜘蛛编织出天罗地网
困住别人也困住自己
南山道路险阻
众多的庄稼暴露在巨大的镰刀下
等待收割
山火汹涌
幼弱动物变得涣散一团
等待剪除

大片的乌鸦飞来
其他的鸟也被染成黑色
它们代表了不祥
喜鹊要么同飞
要么压住声音

求锤得锤
那些呼唤雷霆的人
雷霆马上就到
那些呼唤鞭子的人
暴雨很快就扯天扯地
垂下一条巨大的鞭子

方舟太大
人太小
不足以进入
造船的人知道谁是无辜的
却不能选择谁无辜

299. 土葬

年龄是一种囚禁
越老监狱的墙垒的越高
埋葬是一种交代
交代完别人交代自己

众人都是飞蛾
飞的越快
越是会被火所伤

他却希望是土
生于尘土
死于尘土

天地很大
他很小
他让一生的斧头
在身上砍伐
只是希望给自己建造
一块方形的木头

土命的庄稼也是如此
恐惧火的粉身碎骨
愿意如同生前
在土里安息
迎着阳光招展

300. 验证

为了看得更真
应当变身于穷人

人间的百味
世态的炎凉
会原汁原味地品尝

为了验证爱情
应当死上一次
在黎明前醒来
看人去楼空
还是露珠依然垂在草尖

为了验证灾难
应当让灾难再来上一次
让那些吃饱的人
不是为了减肥而减肥
让高谈阔论的人
陷于自己的语言漩涡
让煎熬的大火
为他们求真

为了看的更远
应当进入一粒沙
看沧海变成桑田
王侯头上戴着荒草
乞丐身上披着锦袍
一粒沙的生死
就是万事万物的生死